Y0-BUD-236

Tormenta
de deseo

Lee Wilkinson

HARLEQUIN®
Tiempo para ti™

NOVELAS CON CORAZÓN

Editado por HARLEQUIN IBÉRICA, S.A.
Hermosilla, 21
28001 Madrid

I.S.B.N.: 84-396-9809-7
Depósito legal: B-23116-2002
Editor responsable: M. T. Villar
Diseño cubierta: María J. Velasco Juez
Fotomecánica: PREIMPRESIÓN 2000
C/. Matilde Hernández, 34. 28019 Madrid
Impresión y encuadernación: LITOGRAFÍA ROSÉS, S.A.
C/. Energía, 11. 08850 Gavá (Barcelona)
Fecha impresión Argentina:22.12.02
Distribuidor exclusivo para España: LOGISTA
Distribuidor para México: PUBLICACIONES SAYROLS, S.A. DE C.V.
Distribuidores para Argentina: interior, BERTRAN, S.A.C. Vélez
Sársfield, 1950. Cap. Fed./ Buenos Aires y Gran Buenos Aires,
VACCARO SÁNCHEZ y Cía, S.A.
Distribuidor para Chile: DISTRIBUIDORA ALFA, S.A.

Capítulo 1

EL TAXI rodeó Hyde Park y dejó a Loris Bergman a la puerta del Hotel Landseer. Tras pagar al conductor, Loris cruzó apresuradamente el lujoso vestíbulo y fue directamente al guardarropa de señoras.

Entregó su capa y su fin de semana a la señorita, antes de mirarse en el espejo para ver qué aspecto tenía.

Ya tenía bastante con llegar tarde a la fiesta de San Valentín de Bergman Longton, como para encima hacerlo hecha un adefesio.

El espejo le devolvió el reflejo de una cara menuda y ovalada de pómulos altos, labios carnosos y sensuales y ojos almendrados color caramelo. A los ojos de otras personas, su belleza resultaba sorprendente, pero a Loris, que no era nada vanidosa, le parecía de lo más corriente.

Satisfecha de que su larga melena negra siguiera bien peinada y de que su aspecto general, elegante y sereno, Loris se dirigió hacia el salón iluminado por grandes arañas de cristal.

La fiesta estaba en todo su apogeo. Algunos invitados bailaban al son de la música que interpretaba una banda muy numerosa, otros iban de un lado a otro o, copa en mano, charlaban en pequeños grupos.

Cerca del fondo del salón, Loris se fijó que había un hombre rubio de alrededor de un metro ochenta e impecablemente vestido, y estaba solo. Su actitud pausada, en comparación con el animado movimiento de la muchedumbre, fue lo que le llamó la atención a Loris. Le dio la sensación de que lo conocía de algo; tal vez, pensó, lo habría conocido hacía tiempo.

Pero un segundo vistazo la convenció de que estaba equivocada. De haber conocido a ese hombre de aspecto maduro y sereno y aquel aire de seguridad en sí mismo, sin duda Loris lo habría recordado.

El hombre contemplaba a los demás invitados con una expresión de cinismo reflejada en sus apuestas facciones.

Loris se encontraba preguntándose quién sería él y qué estaría haciendo en aquella fiesta cuando sus ojos brillantes y sensuales se fijaron en ella.

Aquella mirada la impresionó y turbó al mismo tiempo.

La voz de su madre le hizo despertar del hechizo de aquella mirada luminosa.

–Ah, por fin has llegado...

Con cierta renuencia, Loris apartó los ojos del extraño para volverse hacia una mujer menuda y morena, con el rostro aún bello pero crispado de irritación.

–Empezábamos a preguntarnos dónde diantres estabas. Tu padre no está nada contento.

–Os dije que tenía una cita a las seis y media, y que seguramente llegaría tarde –Loris respondió con paciencia.

–¡Me parece totalmente ridículo que trabajes un sábado por la tarde! Además, no dijiste que llegarías tan tarde. La fiesta está casi en los amenes.

Aunque sus padres sabían que como diseñadora de interiores a menudo Loris trabajaba a horas poco comunes, siempre reaccionaban del mismo modo, tratándola como a una adolescente recalcitrante en lugar de como lo que era: una mujer llena de talento con una carrera floreciente.

–Desgraciadamente, a la señora Chedwyne, que es una cliente que no puedo perder, no se le puede meter prisa. Y luego tuve que volver a casa a cambiarme.

Isobel Bergman, que no quería dejar estar el asunto, continuó quejándose.

–No sé por qué no insistes a la gente para que hagan sus consultas durante el horario normal de trabajo.

Loris suspiró.

—En mi caso las cosas no funcionan así. Tengo que visitar las casas de mis clientes cuando a ellos les resulte conveniente. La mayor parte se pasan el día fuera de casa, y algunos solo tienen libres las noches o los fines de semana.

—Bueno, no te sorprendas si Mark está furioso. Después de todo, es una fiesta especial para celebrar la fusión con Cosby's, y tú debías de haber estado a su lado desde el principio. Te ha echado en falta.

En ese mismo momento, Loris miró hacia la pista de baile y vio a su prometido agarrado a una rubia explosiva.

—Pues no parece que ahora me esté echando en falta demasiado —comentó con ironía.

—¿Llegando tan tarde, qué esperas? Deberías haber estado aquí para echarle un ojo. Si no tienes cuidado, cualquier caza fortunas de las que hay en abundancia te lo quitará delante de tus narices.

Aunque Loris sabía muy bien que Mark Longton no era indiferente a una cara bonita, la idea de tener que vigilarlo no le resultó en absoluto agradable.

—No te olvides de que Mark Longton es un buen partido —insistió Isobel—. Un hombre de treinta y tantos años, sexy y apuesto que dirige una empresa y tiene dinero no es cualquier cosa.

—No me interesa su dinero —dijo Loris rotundamente.

—Pues debería interesarte. Tu padre ya ha cumplido sesenta años, y si no consigo que rectifique el testamento antes de morir, tu hermanastro se quedará con todo y tú en cueros...

Simon, extrovertido y encantador, siempre había ocupado un lugar preferente en el corazón de Peter Bergman y, sabiendo lo que Loris ya sabía, la decisión de su padre no le había sorprendido. Pero consciente de el duro golpe que había supuesto para Isobel enterarse de que el hijo del primer matrimonio de su esposo lo heredaría todo, Loris vio la necesidad de tranquilizar a su madre.

–De verdad no me importa que Simon se quede con todo. Tengo una profesión que me gusta y que...

–No debería ser necesario que trabajaras. Tu padre podría perfectamente darte una asignación...

–Tengo veinticuatro años, mamá, no catorce.

La señora Bergman ignoró las protestas de su hija y continuó con su discurso.

–De verdad, jamás me habría casado con él de haber sabido que se convertiría en un viejo roñoso.

Era aquella una queja habitual que Loris había aprendido a ignorar con diplomacia.

–Incluso está pensando en dejar el apartamento de Londres y retirarse a Monkswood.

–Muchas personas trabajan desde casa hoy en día, y de ese modo le resultaría mucho más fácil administrar la finca.

–Pues yo no quiero estar recluida en el campo toda la semana. Me volvería loca. Pero tu padre solo piensa en sí mismo, no en mí. Ya me resultan bastante aburridos los fines de semana... , a no ser que demos una fiesta en casa, claro. Por cierto, espero que no te hayas olvidado de traerte lo necesario para pasar estos días.

Loris y Mark irían a la fiesta que sus padres celebraban ese fin de semana en Monkswood, la propiedad que los Bergman tenían en el campo, y que lindaba con la población rural de Paddleham.

–Sí, no se me ha olvidado.

Cuando el baile terminó y la pista se vació, ambas mujeres buscaron con la mirada la fornida figura de Mark, pero no se le veía por ningún sitio.

–Aún queda mucha comida en el bufé si te apetece comer algo –sugirió Isobel.

Loris sacudió la cabeza.

–Me tomé un sándwich antes de ir a casa de mi cliente.

–Bueno, pues a mí no me vendría mal tomar algo. Esta última dieta que estoy siguiendo me tiene muerta de hambre...

A sus cuarenta y siete años, Isobel mantenía una batalla continua contra unos pocos kilos de más que la madurez había instalado en su antaño esbelta figura.

–Y estoy convencida de que las pastillas que me dieron para tomar mientras hacía la dieta están empeorando mis migrañas –gruñó, y seguidamente desapareció en dirección al bufé.

Un camarero se acercó con una bandeja de copas de champán. Loris tomó una y dio un sorbo del fresco espumoso mientras paseaba la mirada por la concurrencia.

En lugar de encontrarse con el rostro ligeramente rubicundo y poco delicado de Mark, con sus cejas oscuras y espesas y sus ojos negros, su mirada se topó con la cara bronceada y delgada de aquel extraño de facciones bien definidas y ojos claros y penetrantes.

Una fanfarria repentina llamó la atención del público, y Loris vio a su padre, a su prometido y a un hombre delgado y medio calvo subiéndose a un estrado que había delante de la banda de música. Sir Peter Bergman, fornido y de aspecto tosco, con ojos azules y vivaces y cabello plateado, se adelantó y levantó la mano para silenciar a los reunidos.

–La mayoría de vosotros ya sabéis que Bergman Longton y Cosby's, el gigante americano, han estado haciendo planes para unirse. Me complace comunicaros que eso ya ha tenido lugar, y que William Grant –agarró del brazo al hombre delgado y tiró de él para que se adelantara–, uno de los altos ejecutivos de Cosby's, está aquí con nosotros para celebrar el acontecimiento. Bienvenido, señor Grant.

Todo el mundo empezó a aplaudir.

–Esta fusión nos convertirá en una de las mayores empresas y yo confío que también de las de más éxito del sector. Hemos decidido cambiar el nombre de la sección británica de nuestra fusión a BLC Electrónica –levantó la copa–. Brindemos para que BLC continúe teniendo un éxito tras otro.

A sus palabras siguió una tanda de aplausos entusiastas y un brindis por la fusión.

Cuando la emoción decayó y la gente empezó a dispersarse, Peter Bergman y William Grant continuaron charlando amigablemente.

Mark miró hacia donde estaba Loris, deslumbrante con un vestido aguamarina que se ajustaba a su esbelta figura. Ella sonrió y avanzó en dirección suya, pero Mark la miró fríamente y sin más se volvió a charlar con la mujer con la que había estado bailando anteriormente.

Sorprendida por la reacción de su prometido, Loris se paró en seco. Cierto era que había llegado tarde, pero había avisado a Mark con antelación de la posibilidad de que eso ocurriera.

Aun así se sintió en parte culpable y, de no haber sido por la rubia que lo acompañaba, Loris se habría acercado a disculparse.

Pero como Loris no estaba segura de que Mark, que solía ponerse muy desagradable cuando estaba molesto, reaccionara bien, vaciló, no queriendo verse humillada delante de nadie.

En ese momento el cantante anunció un vals especial con motivo del día de San Valentín, y Loris estuvo segura de que Mark iría a buscarla entonces.

Pero sin vacilar ni un momento, su prometido se volvió y le ofreció la mano a la rubia. Loris se mordió el labio y entonces, cuando estaba a punto de darse la vuelta, oyó una voz profunda y sugerente con un leve acento americano.

−¿Le gustaría bailar conmigo?

Loris se dio la vuelta y se encontró con aquel rostro de nariz recta y labios firmes y sensuales. Una boca muy masculina que le hizo estremecerse levemente, una boca que la cautivó instantáneamente.

De nuevo tuvo la sensación de conocer a aquel hombre de algo, pero no sabía ni de cuándo ni de dónde.

Sus ojos, enmarcados por espesas pestañas, eran de

un tono verde azulado, y no grises como le habían parecido de lejos. Pero el impacto de su mirada resultó igual de impresionante, de modo que le costó unos segundos recuperarse de la impresión.

Aunque por una parte sintió deseos de bailar con aquel fascinante extraño, por otra Loris fue consciente de que el aceptar su invitación solo serviría para estropear más las cosas.

Aunque Mark era bastante mujeriego, desde que ella le había dado el sí había demostrado ser celoso y posesivo, y detestaba incluso que Loris hablara con otros hombres.

Con eso en mente, estaba buscando una manera cortés de rechazar la invitación del hombre cuando este le dijo:

—¿Tiene miedo de que a Longton no le parezca bien?

Así que él sabía quiénes eran.

—En absoluto —contestó ella en tono enérgico—. A mí... —dejó de hablar cuando vio a Mark y a su pareja de baile pasar cerca de ellos, muy arrimados.

Loris miró al extraño y vio la burla silenciosa reflejada en sus ojos claros.

¡Al cuerno con todo! ¿Por qué iba a rechazar la propuesta de aquel hombre? Mark había elegido bailar con otra, de modo que lo que valía para él...

Sabía por experiencia que cuando alguien no le hacía frente a Mark, él lo pisoteaba, y aunque detestaba las peleas, no tenía intención de ser un felpudo cuando se casara con él.

—Me encantaría bailar con usted —terminó de decir en tono firme.

Él le dedicó una sonrisa que iluminó toda su rostro. Tenía los dientes blancos, brillantes y bien alineados.

Con gesto suave, pero en absoluto tímido, el hombre la condujo a la pista. Bailaba bien, y él y Loris siguieron el paso con fluidez mientras sus cuerpos se acoplaban el uno al otro con facilidad.

Mark, que mediría alrededor del metro ochenta y

cinco, le sacaba al extraño al menos una cabeza; pero aquel hombre debía medir unos cinco centímetros más que ella, y con los tacones sus caras quedaban al mismo nivel.

Al encontrarse su mirada con aquellos ojos claros y brillantes, Loris sintió que le faltaba el aire y sintió la necesidad de decir algo.

–Si sabe que estoy prometida a Mark, seguramente sabrá quién soy.

–Desde luego. Usted es Loris Bergman.

Algo en su modo de hablar le hizo responder con tranquilidad.

–Como no sé su nombre, tiene ventaja sobre mí.

–Soy Jonathan Drummond –dijo, sin darle más información.

El nombre no le resultaba conocido.

–¿Nos hemos visto antes?

–De haber sido así, me habría acordado –contestó él.

–¿Entonces cómo me conoce? –le preguntó con curiosidad.

–¿Y quién no la conoce?

–Me imagino que la mayor parte de los presentes.

Él sacudió la cabeza.

–Estoy seguro de que todos conocen a la afortunada mujer cuyo padre es uno de los jefes y cuyo futuro esposo es otro de ellos.

–Parece como si no le pareciera correcto.

–Me parece un arreglo de lo más conveniente para mantener el dinero y el poder en la familia.

–El dinero y el poder no tienen nada que ver con eso.

–¿De verdad?

–Sí, de verdad.

–¿Entonces por qué se va a casar con Longton? Aparte de estar divorciado y ser demasiado mayor para usted, no es un tipo particularmente agradable.

–Ser divorciado no es un crimen, y solo tiene treinta y nueve años.

–Noto que no ha rebatido mi última afirmación.

–Como eso solo es su opinión, no me ha parecido necesario.

–Y tampoco ha contestado a mi pregunta.

–Resulta que nos queremos.

En ese momento Mark pasó junto a ellos. La mujer le tenía los brazos echados al cuello, y él estaba susurrándole algo al oído.

–Pues él tiene un extraño modo de demostrarlo.

–Me temo que está enfadado conmigo por llegar tarde.

–¿Y tiene derecho a estarlo?

–Supongo que algo sí –contestó sin mentir.

Jonathan Drummond arqueó ligeramente las cejas y ella le resumió lo ocurrido.

–Bueno, ya que lo había avisado de antemano, no veo justificación para que él se comporte como un niño mimado. ¿Usted sí?

Sin pensar en lo que podría parecer su respuesta, Loris dijo lo que sentía.

–En realidad no –confesó–. Por eso estoy bailando con usted.

–Entiendo. Ojo por ojo. Supongo que era demasiado esperar que tal vez le apeteciera.

En ese momento la pieza terminó, y Mark y su acompañante se detuvieron junto a ellos.

Cuando las parejas empezaron a besarse, Jonathan Drummond no hizo ningún movimiento.

Mark miró en dirección a Loris y, al ver que ella lo estaba mirando, se inclinó para besar a la rubia, que le respondió con entusiasmo.

Desconcertada ante tal provocación, Loris deslizó las manos bajo las solapas de la americana de su acompañante y levantó la cara con gesto provocador.

Por un momento Jonathan Drummond se quedó quieto, pero enseguida le agarró de las muñecas y le retiró las manos con suavidad.

–No me gusta que me utilicen –dijo con frialdad.

–Yo... lo siento –balbuceó Loris, que se sintió totalmente ridícula–. Mi intención no ha sido...

–Vaya, yo creo que sí. Buenas noches, señorita Bergman.

Mientras con tristeza lo observaba alejándose, Isobel se acercó a ella.

–Tu padre y yo nos marchamos ya.

Loris recuperó la compostura y, sabedora de lo amante que era su madre de aquel tipo de fiestas, le preguntó:

–Pensé que la fiesta continuaba hasta las doce.

–Así es, pero son casi las once, y como llueve tanto tu padre cree que deberíamos irnos ya. La mayoría de nuestros invitados están en Monkswood desde anoche, pero hay una pareja que no llegara hasta esta noche.

–¿Está Simon allí? –preguntó Loris.

–No, está en Oxford con unos amigos. Me supongo que irás a Monkswood con Mark cuando termine la fiesta.

–Supongo –contestó Loris con incertidumbre.

–¿Quieres decir que sigue con esa rubia? Sí, ya veo que sí. Seguramente estará detrás de su dinero... Bueno, debes saber que todo eso es culpa tuya. Esta noche has metido bien la pata.

–No es del todo culpa mía –protestó Loris–. Si Mark se hubiera mostrado un poco más comprensivo...

–¿Pero desde cuándo son comprensivos los hombres?

–Estoy segura de que habrá algunos que lo sean.

–Bueno, no los hombres machistas como Mark o tu padre –Isobel debió de pensar que había hablado demasiado, porque enseguida cambió de táctica–. ¿Pero quién quiere casarse con un imbécil?

–Yo desde luego no –Loris sonrió por primera vez en toda la noche.

Peter Bergman se abrió paso entre el público y se dirigió a su esposa.

–¿Estás lista?

–Solo me falta ir a buscar el abrigo.

Bergman le echó a su hija una mirada de asco y preguntó bruscamente:

–¿Te has dado cuenta de que nos has estropeado la velada? ¿Tienes idea de lo enfadado y decepcionado que está Mark?

–Me lo ha dejado bien claro –contestó cansinamente.

–Entonces te toca a ti disculparte. Y cuanto antes, mejor.

–Hazlo –Isobel le urgió mientras se disponía a seguir a su esposo–. De otro modo los dos se pondrán de mal humor durante el fin de semana y será una pesadilla.

A Loris le sorprendió la cáustica advertencia de su madre. Aunque Isobel criticaba con frecuencia a su marido, Loris jamás la había oído reconocer imperfección alguna en su futuro yerno.

–Creo que tienes razón –reconoció Loris, y besó a su madre en la mejilla.

–Me imagino que estaremos en la cama antes de que lleguéis a Monkswood, así que nos veremos por la mañana. Por cierto, Mark y tú ocuparéis vuestros dormitorios de siempre –añadió Isobel mientras se alejaba apresuradamente.

Loris, que pensó que posiblemente la única manera de salvar el fin de semana sería disculpándose con Mark, empezó a buscar a su prometido.

Finalmente, lo vio despidiéndose de algunas personas que se marchaban de la fiesta.

Aunque seguía siendo lo que algunos llamarían un hombre de buena planta, Loris notó, no sin cierto sentimiento de culpabilidad, que tenía algunas canas en las sienes y que estaba empezando a echar barriga.

Aliviada al no ver rastro de la rubia por ningún lado, fue apresuradamente junto a Mark.

–Mark, siento muchísimo haber llegado tan tarde. Sé que tienes todo el derecho a estar molesto conmigo, pero por favor no dejes que eso estropee el fin de semana.

Él la miró con dureza.

—La fiesta casi ha terminado. ¿No te parece un poco tarde para disculparte?

—Me habría disculpado antes si hubieras estado solo.

—Pamela es una mujer preciosa, ¿no te parece?

Loris, consciente de que Mark se lo estaba diciendo solo para molestarla, no dijo nada.

—Es americana. Su padre es Alan Gresham, el magnate de la prensa americano, y de ese modo la heredera de la fortuna Gresham.

—Qué bien.

De modo que su madre se había equivocado. No era el dinero de Mark lo que le interesaba a la rubia.

—Me ha dejado bien claro que le gusto.

Loris apretó los labios con desagrado.

—¿No te parece un poco demasiado descarada?

—Desde luego sabe ganarse a la gente —dijo con admiración—. Y no es de las que dicen no, lo cual resulta agradable, para variar.

De modo que no solo estaba castigándola por llegar tarde; también porque hasta el momento se había negado a acostarse con él.

En los tres meses que llevaban prometidos, Mark la había presionado bastante, y en más de una ocasión, Loris había estado a punto de ceder.

Mark era un hombre apuesto y viril, y no tenía duda alguna de que sería un buen amante. Sin embargo, llegada la hora de la verdad y tal vez inhibida aún por el pasado, Loris se había echado atrás.

Comprensiblemente, eso había enrabietado siempre a Mark, que después solía mostrarse taciturno durante varios días. Se comportaba con normalidad con todo el mundo, pero cuando se dirigía a ella lo hacía de manera fría y concisa.

Isobel, que no era tonta, le había dicho un día:

—Sé que dormir juntos es lo normal en estos tiempos, pero creo que haces bien en esperar hasta que estéis casados.

Era la primera vez que su madre abordaba el tema del sexo y, preguntándose si habría intuido lo ocurrido con Nigel, Loris le había preguntado:

–¿Por qué dices eso?

–Porque Mark es el tipo de hombre que, cuando tiene lo que quiere, tal vez pierda interés y empiece a buscar en otro sitio...

Igual que Nigel.

–Por supuesto, cuando ya seas su esposa no importará demasiado. Supongo que, después de un divorcio, se comportará con más discreción.

Profundamente turbada por las palabras de su madre, Loris le había contestado:

–Lo dices como si pensaras que fuera a descarriarse de nuevo.

–¿Y no es eso lo que hacen la mayoría de los hombres? No me imagino a alguien como Mark satisfecho con una sola mujer.

Al ver la expresión en la cara de su hija, Isobel había añadido:

–¿Pero qué importa eso? Tendrás dinero, una posición y un buen nivel de vida. Mark parece bastante generoso, cosa que tu padre no es.

–Lo que pasa es que yo no deseo esa clase de matrimonio para mí –Loris le había dicho en tono bajo.

–Claro que podría estar totalmente equivocada –Isobel se había retractado a toda prisa–. Mark está llegando a una edad en la que tal vez esté preparado para ser un marido fiel...

Consciente de que Mark estaba esperando una respuesta por su parte, Loris dejó de pensar en lo que había hablado con su madre.

–¿Cómo dices? –le preguntó, algo distraída.

–Solo he dicho que si estás celosa de Pamela, ya sabes lo que tienes que hacer al respecto.

–Pero no lo estoy –declaró Loris con calma.

–¿Entonces por qué te agarraste a ese imbécil para bailar? –Mark le preguntó, claramente decepcionado.

–Yo no me «agarré» a él. «Él» me sacó a bailar –Loris recordó la firmeza con la que Jonathan Drummond se había negado a ser utilizado–. Y yo desde luego no lo llamaría «imbécil».

Mark entrecerró los ojos.

–¿Os conocíais de antes? –preguntó.

–No.

–¿Él sabía quién eras?

–Sí. Me ha dado la impresión de que vosotros dos os conocéis –añadió Loris al recordar los comentarios de Jonathan Drummond acerca de Mark.

–Yo no diría que nos conocemos. Lo he visto deambulando por las oficinas.

–¿Quién es él?

–No es más que un advenedizo. Ha venido de Estados Unidos con el grupo de Cosby's.

Por supuesto. Recordó que su atractiva voz tenía un leve acento americano.

–¿A qué se dedica exactamente?

–No tengo ni idea –respondió Mark con desdén–. Ha estado en la mayor parte de las reuniones, pero me imagino que lo habrá hecho en calidad de secretario personal de algún ejecutivo. ¿Por qué quieres saberlo?

–Me pareció interesante –reconoció imprudentemente.

Mark la miró como si hubiera perdido la cabeza.

–¿«Interesante»? –repitió.

–Me dio la impresión de que es un hombre tranquilo y dueño de sí mismo. Tiene mucha personalidad.

–Aunque tuvo la cara de sacarte a bailar, me percaté de que al menos no tuvo la indecencia de besarte.

–No creo que fuera falta de frescura.

–Entonces seguramente recordó cuál era su lugar.

–¿Que recordó su lugar?

–Desde luego no está al mismo nivel que nosotros.

–Ah, yo no era consciente de que estuviéramos a un nivel distinto a los demás –respondió Loris en tono gélido.

—Pensé que habías venido a disculparte, no a pelear —dijo Mark con pesar, mostrando signos de humanidad por primera vez.

—Es cierto. Lo siento, Mark. No hablemos más de Jonathan Drummond.

—Drummond, así se llama. De ahora en adelante lo vigilaré.

Consciente de que Mark podía llegar a comportarse de un modo ridículo si le tomaba manía a alguien, Loris deseó no haber dicho nada de Jonathan Drummond.

—¿Bueno, y ahora que me he disculpado por haber llegado tarde, somos amigos otra vez? —dijo Loris para cambiar de tema.

Pero él ignoró la pregunta y se fue por la tangente.

—Comprenderás que cuando estemos casados vas a tener que dejar ese estúpido trabajo tuyo. Me niego a que mi esposa trabaje todo el tiempo.

—No estaré trabajando todo el tiempo.

—Ahora lo estás.

—Solo porque tengo que pagar un alquiler exorbitante por mi apartamento.

—Podrías haber continuado viviendo en casa de tus padres.

—No quería.

Su deseo de ser independiente la había llevado a mudarse en cuanto había podido mantenerse.

—Una vez casados, la presión financiera cederá y podré elegir a los clientes que más me apetezcan.

—Cuando estemos casados, no necesitarás ningún cliente.

—Pero no quiero dejar de trabajar.

—Me niego rotundamente a que mi esposa vaya diciéndole a la gente cómo tiene que decorar su casa. No es conveniente para mi imagen. Tienes que comprenderlo..

—¿Pero entonces qué haré todo el día?

—Lo que hagan las esposas de otros hombres ricos.

Loris estuvo a punto de responder, pero al final decidió no hacerlo.

–Bueno, creo que no necesitamos discutir este tema en este preciso instante.

–No, tenemos cosas más importantes que hacer –le echó un brazo a la cintura.

–¿Como por ejemplo?

–Ya estoy harto de que te andes con evasivas. Quiero que te acuestes conmigo esta noche –le susurró al oído.

–Pero vamos a estar en Monkswood.

–Todos los dormitorios tienen camas de matrimonio. O bien te vienes al mío, o dejas que yo me vaya al tuyo.

–No. No podría. Y menos en casa de mis padres.

–No seas idiota, Loris. No hace falta que se enteren si tú no quieres que lo hagan. Y aunque compartiéramos abiertamente habitación, sé que a tu padre no le importaría. Después de todo, vamos a casarnos. ¡Vamos, por favor! Vivimos en el siglo veintiuno, no en la época victoriana.

–Sí, lo sé, pero aún no me siento cómoda con el tema.

–Entonces vayamos ahora a mi apartamento, e iremos a Monkswood más tarde.

A punto de darle una excusa y decirle que no se sentía de humor, Loris vaciló. Tal vez había llegado el momento de dejar atrás el pasado.

Loris abrió la boca para decirle que aceptaba, pero él se le adelantó.

–Mira, Loris, te lo advierto. Esta vez no acepto un no por respuesta –le dijo hecho una furia.

Loris, que detestaba que la presionara de aquel modo, sintió que perdía los estribos.

–Pues me temo que tendrás que aceptarlo –le soltó.

Si al menos hubiera utilizado su encanto, tal vez habría conseguido convencerla, pero enfrentándose a ella solo consiguió que Loris se cerrara en banda.

–Maldita sea, si tú no quieres venirte a mi apartamento, sé de alguien que lo hará con gusto.

–Supongo que te estás refiriendo a Pamela.

Él sonrió con una mezcla de petulancia y amenaza.

–Vendrá con los ojos cerrados, y yo tal vez se lo pida.

—¿Y por qué no hacerlo? —sugirió Loris en tono seco, y con la cabeza bien alta se dio la vuelta y lo dejó allí.

En el guardarropa de señoras, Loris se sentó en uno de los asientos de terciopelo rosa y se quedó mirando distraídamente el marco dorado de un enorme espejo mientras un grupo de mujeres se acercaba a retirar sus abrigos.

La fiesta de San Valentín tocaba a su fin, y para ella había resultado un auténtico desastre. De haber sabido el enorme problema que su tardanza iba a ocasionarle, habría cancelado la cita con su cliente, aunque ello hubiera supuesto quedarse sin ella.

Al final había disgustado a su padre, había quedado mal delante de Jonathan Drummond y, en una noche especial para los amantes, había ofendido profundamente a Mark.

Al pensar en ese momento especial que en un segundo se había trasformado en una desagradable situación, Loris suspiró. Por supuesto que Mark no haría lo que había amenazado con hacer. La única razón por la que había hecho alarde de su conquista había sido para añadir peso a sus exigencias, y su ultimátum tan solo había sido producto de la rabia acumulada.

Pero resultaba irónico pensar que de no haber sido por su inoportuno e impaciente comentario, en ese momento irían camino del apartamento de Mark. A lo mejor, en lugar de reaccionar como lo había hecho, habría sido más conveniente que se hubiera aguantado el genio y hubiera accedido a ir de todos modos.

Cuando fueran amantes la tensión entre ellos indudablemente cedería. Volverían a ser felices y a disfrutar el uno en compañía del otro, en lugar de tener a Mark frustrado y resentido todo el tiempo.

Suspiró profundamente.

Pero no era demasiado tarde. Siempre podría encontrarlo y volver a disculparse. Podría decirle que había cambiado de opinión y que se marcharía con él.

Loris se unió a la fila y recogió sus cosas.

Entonces se metió el bolso de mano en uno de los profundos bolsillos de la capa, se echó esta sobre el brazo y salió al atestado vestíbulo.

Cuando miró a su alrededor buscando a Mark, vio a la rubia. Con un imponente abrigo de pieles, Pamela se dirigía hacia la salida. Al llegar a la entrada, Mark, que claramente la había estado esperando, apareció. Le echó el brazo a la cintura y juntos cruzaron las pesadas puertas de cristal.

Durante un par de segundos el asombro la dejó paralizada; pero enseguida sintió una mezcla de rabia y consternación que la empujó a salir al exterior, con el corazón en un puño.

Seguía lloviendo a cántaros, y Loris llegó a tiempo de ver el Mercedes gris metalizado de Mark alejándose de la entrada del hotel.

Un viento fuerte empujaba las rachas de lluvia helada bajo la marquesina marrón y dorada de la entrada del hotel pero, ajena al frío y a la lluvia, Loris se quedó allí quieta, con la vista fija en el coche.

—¿Y si se pone la capa antes de empaparse del todo?

Jonathan Drummond le quitó con cuidado la capa y se la echó por los hombros; entonces le cubrió la cabeza con la capucha.

Él llevaba la cabeza descubierta y tan solo una gabardina corta con el cuello levantado.

—Deje que la ayude con esto —le quitó el fin de semana.

—Gracias —murmuró ella.

Entonces echó a andar hacia una fila de taxis.

—Me temo que los encontrará todos reservados.

Jonathan Drummond le agarró del codo y la condujo hasta un modesto Ford berlina color blanco.

—Entre y la llevaré a casa.

Capítulo 2

TODAVÍA sorprendida, Loris se dejó sentar en el asiento junto al conductor. Jonathan Drummond dejó su maleta en el asiento trasero y se sentó al volante.

Se unieron a la fila de coches y taxis que abandonaban la entrada del hotel para incorporarse al tráfico nocturno.

—Vive en Chelsea, ¿verdad?

Loris se quitó la capucha mientras hacía un esfuerzo sobrehumano para enfrentarse a la situación.

—Eso es. Pero no pensaba ir a mi apartamento.

—¿Y al apartamento de quién pensaba ir?

Ella se mordió el labio y no dijo nada.

Él la miró de reojo.

—Entiendo. Pero ha sido inesperadamente... digamos... sustituida.

De modo que también había visto a Mark marchándose con la rubia.

—Tenía la intención de ir a casa de mis padres —contestó Loris con el poco amor propio que le quedaba.

—¿En Paddleham?

—Sí —respondió Loris, preguntándose cómo aquel hombre sabía tantas cosas.

—¿Y se suponía que Longton iba a ir también?

Aquel tipo era demasiado rápido.

—¿Cómo ha deducido eso, Holmes? —le preguntó Loris, fingiendo asombro.

Él sonrió.

—Elemental, mi querido Watson. No se marchó con sus padres, no tiene coche y no había pedido un taxi. Lo cual significa que esperaba que su prometido la llevara allí –hizo una pausa–. No es de extrañar su disgusto, después de haber sido tratada tan mal.

–En parte ha sido culpa mía –reconoció.

–De todos modos ha debido de dolerle mucho.

–Más que dolida estoy enfadada –contestó, y se dio cuenta de que era cierto.

–¿Entonces adónde vamos? ¿A Chelsea o a Paddleham?

–No puedo pedirle que me lleve a Paddleham –dijo ella.

–Lo haré encantado, si es allí adonde quiere ir.

–En realidad no –confesó, consternada al pensar en tener que explicar a sus padres la ausencia de Mark–. Pero no puedo volver a mi apartamento.

–Vaya, eso es difícil, nena –dijo en el mismo tono que un gangster de una película de segunda categoría–. ¿Es que te persigue la mafia?

A pesar de todo, Loris se echó a reír.

–No es tan grave la cosa. Accedí a prestarle mi apartamento a una amiga mía de la facultad esta noche y mañana por la noche.

–¿Y solo hay un dormitorio?

–Peor, Judy y Paul acaban de iniciar su luna de miel... El lunes toman un vuelo a Australia para hacer senderismo.

–Mmm... Bueno, si no puede volver a su apartamento y no quiere ir a Paddleham... –le echó una infame mirada lasciva–. ¿Qué le parece mi apartamento?

Loris estaba a punto de rechazar su sugerencia cuando se dio cuenta de que le estaba tomando el pelo.

–Me temo que soy muy supersticiosa y no puedo ir a ningún sitio nuevo en un sábado de lluvia.

–Qué lástima.

–Pero gracias de todos modos.

–De nada. Mi lema es complacer. ¿Entonces dónde la llevo?

–Si de verdad no le importa, creo que será mejor que me vaya a Paddleham.

—Pues allá vamos.

Momentos después salían de la ciudad por calles de pavimentos brillantes a causa de la lluvia que no dejaba de caer.

Loris iba preocupada pensando en cómo explicarle a sus padres la ausencia de Mark.

En realidad, nada de eso habría ocurrido si hubiera accedido a acostarse con él cuando se lo había sugerido.

Sin embargo, incluso seis años después, la humillación que había sufrido con Nigel seguía siendo un fuerte elemento disuasorio.

Lo había conocido en su primer año de facultad. Hijo de sir Denzyl Roberts, uno de los acaudalados amigos de su padre, Nigel, cinco años mayor que ella, tenía la experiencia de la que ella carecía. Él había pensado que ella sería como la mayoría de las chicas que conocía, pero al descubrir que Loris era una muchacha inocente Nigel se había sentido sorprendido e intrigado.

Loris nunca había tomado la decisión de permanecer virgen. Sencillamente había ocurrido así. Desde los quince años su insólita belleza había hecho de ella el blanco de todos los hombres de entre quince y cincuenta años. Pero ella, de naturaleza exigente, los había mantenido a raya, detestando sus mentes de obsesos. Esperaba la llegada de alguien especial; alguien a quien amar.

Había habido un chico, un chico distinto a los demás, una atracción pasajera que podría haber terminado en algo más serio si él no hubiera desaparecido repentinamente.

Entonces había conocido a Nigel. Impresionada por su madurez y su atractivo, y tal vez enamorándose del amor, Loris se imaginó que «él» era esa persona especial que tanto tiempo llevaba esperando.

Aun así, y casi a fuerza de costumbre, lo había mantenido a raya hasta que él, que no tenía mucha paciencia, le había propuesto matrimonio.

Aunque ella era entonces muy joven, la unión, desde

el punto de vista de ambos padres, resultó altamente ventajosa y, totalmente alborozados, habían animado a los jóvenes a sellar el compromiso.

Nada más regalarle el anillo, Nigel redobló sus esfuerzos para llevársela a la cama. Segura de que lo amaba, y tranquila porque se iban a casar, Loris se había entregado a él.

Hacer el amor con Nigel le había dejado decepcionada, y poco o nada había sacado de la experiencia. Pero Loris se consoló pensando que con el tiempo, cuando se conocieran mejor, todo eso progresaría.

Pero no había sido así.

Ella se había echado la culpa a sí misma, a su inexperiencia, y había seguido intentando complacerlo.

Cuando llevaban tan solo tres meses acostándose juntos, Loris se había presentado inesperadamente en su apartamento para darle una sorpresa y se lo había encontrado en la cama con otra mujer.

Aunque dolida y confusa, Loris se había mostrado dispuesta a perdonarlo, hasta que la chica que estaba en la cama con él se había burlado de ella diciéndole que aquello no era un lío de una noche, sino algo que ocurría todas las noches que Loris no estaba allí con Nigel.

—Necesita a una mujer que pueda ofrecerle algo, que sepa complacer a un hombre. No a una frígida que solo sabe tumbarse y...

—¡Ya basta! —la había silenciado Nigel llegado ese momento.

Pero había sido demasiado tarde. Para Loris el daño ya estaba hecho. Nigel le había contado a aquella cualquiera detalles íntimos de algo que Loris había considerado particularmente privado y sacrosanto.

Tremendamente humillada y furiosa por el modo en que él la había tratado, Loris le había tirado el anillo y se había marchado del piso.

Cuando sus padres se habían enterado de la ruptura del compromiso, y le habían dicho que había «echado a perder la oportunidad de hacer una buena boda», habían intentado que cambiara de opinión. Pero aunque se había negado a contarles la razón de la ruptura, les había dejado claro que era definitiva.

El sonido urgente de una sirena sacó a Loris de su ensimismamiento y la devolvió al momento presente.

Iban por una carretera comarcal bastante estrecha, por la que también circulaba tráfico en sentido contrario. Jonathan tuvo que echarse a un lado para dejar pasar a la ambulancia.

Cuando en un cruce Jonathan giró a la derecha, a Loris se le ocurrió que ni ella le había dicho cómo debía llegar a Paddleham, ni él le había preguntado nada.

–¿Conoce bien esta zona?

–Nací y me crié bastante cerca de Paddleham.

–¿De verdad? ¿Entonces sus padres son ingleses?

–Mi padre, un médico muy dedicado a su trabajo, era inglés, mientras que mi madre, que fue azafata de vuelo hasta que se casó con mi padre, era de Albany.

–¿De la capital del estado de Nueva York?

–Eso es. Sus padres tenían allí un pequeño negocio.

Para Loris, los detalles de su origen modesto no concordaban con su educado tono de voz.

–¿Ha vivido mucho tiempo en Estados Unidos? –le preguntó, curiosa por averiguar más cosas de él.

–Sí, ya llevo varios años –contestó–. Después de morir mi padre, mi madre sintió nostalgia y quiso volver a Albany, su ciudad natal.

–¿Tiene hermanos?

–Una hermana. Cuando terminó la carrera universitaria se casó con el hijo de un terrateniente local. Pero no había nada que me atara aquí, de modo que pasé un tiempo viajando, haciendo distintos tipos de trabajos, antes de decidirme a establecerme en Estados Unidos.

Al ver que él no decía nada más y temiendo parecer indiscreta, Loris se quedó callada.

Al salir de las afueras de Londres el viaje parecía ser cada vez más peligroso. Las carreteras comarcales estaban oscuras y embarradas, llenas de ramas caídas y de piedras.

Justo antes de llegar a su destino, se encontraron con que un riachuelo se había desbordado y se vieron obligados a dar un rodeo para poder continuar. Loris se sintió mal por haberlo arrastrado hasta aquel lugar tan remoto, y se arrepintió de no haber optado por pasar la noche en un hotel.

—Siento mucho todo esto —dijo en tono de disculpa.

Él no parecía preocupado en absoluto.

—¿Se refiere a este tiempo? No se preocupe; he conducido con condiciones mucho peores.

Minutos después cruzaban la tranquila población de Paddleham. El haz de luz de una farola solitaria iluminó la lluvia incesante. Entonces Loris vio el cartel de madera del pub del pueblo, The Yee Tree, y sintió un gran alivio.

—Ya casi hemos llegado —dijo más tranquila—. Nada más pasar la iglesia hay una desviación a la izquierda, y después hay que bajar unos ochocientos metros por un camino. La entrada de Monkswood está a mano izquierda; espero que las puertas estén abiertas.

Las puertas de hierro forjado estaban abiertas de par en par, y el camino pavimentado bien iluminado. Delante de la casa había aparcados varios elegantes coches.

Jonathan paró el Ford delante del pórtico de la entrada, y se bajó a ayudar a Loris a salir.

Loris abrió la puerta de la casa mientras Jonathan sacaba su maleta del asiento trasero y cerraba el coche. Habían dejado encendidas la lámpara de la entrada y otra en la parte superior de las escaleras, pero el resto de la casa estaba a oscuras.

—No sé cómo darle las gracias por traerme hasta aquí —le dijo cuando él le pasó la pequeña maleta.

—Ha sido un placer —dijo—. Bueno, como todo el mundo parece estar en la cama, me despediré y la dejaré para que vaya a dormir.

Como si su subconsciente ya lo hubiera decidido, Loris se sorprendió a sí misma diciendo:

–¿Por favor, no le gustaría quedarse? Me preocupa pensar que tiene que hacer todo el camino de vuelta hasta Londres en una noche como esta.

–No querría causarle tantas molestias.

–Es lo menos que puedo hacer. Y de verdad que no es ninguna molestia. Quédese. Puede dormir en la habitación de Mark.

Aunque no movió un músculo, Loris percibió su sorpresa. Obviamente se había figurado que ella y Mark compartirían habitación.

–En ese caso, lo haré con gusto.

Fue hacia el coche y apagó el contacto y las luces antes de volver al vestíbulo, donde ella lo estaba esperando.

Tras cerrar la puerta de entrada, Loris y Jonathan subieron al primer piso y giraron a la derecha bajo un arco decorativo.

–Esta es mi habitación –Loris le quitó la maleta y la dejó dentro antes de cruzar el amplio pasillo y abrir una puerta que había enfrente–. Y esta es la de Mark.

Encendió las luces y entraron en un dormitorio confortablemente amueblado y decorado en colores masculinos.

–Mark no deja nunca ropa aquí, de modo que me temo que no podré ofrecerle ni un pijama.

–No pasa nada –contestó Jonathan–. Nunca duermo con pijama.

Loris sintió que se ponía colorada.

–Pero encontrará un cepillo nuevo y todo lo que necesite en el armario del cuarto de baño –añadió apresuradamente.

–Gracias.

–Bueno, excepto una maquinilla de afeitar. Lo siento.

Él se encogió de hombros.

–No se preocupe. Aunque no me veo con barba, creo que podré soportar pasar un día sin afeitarme.

–Entonces, buenas noches.

–Buenas noches, Loris –dijo con seriedad.

Loris, que se sentía extrañamente nerviosa y aturdida, volvió a su dormitorio y se dispuso a prepararse para dormir cuando pensó en su hermanastro.

Aunque Monkswood era prácticamente el segundo hogar de Simon, él no estaría allí ese fin de semana. Seguramente, en su cuarto de baño habría una maquinilla que sin duda su invitado de última hora podría tomar prestada.

Sin pensárselo dos veces, Loris avanzó descalza por el oscuro pasillo hasta el dormitorio de Simon y entró sin hacer ruido. Nada más entrar al baño, vio una maquinilla eléctrica en la repisa. Si Jonathan Drummond no se había ido ya a la cama, podría dársela entonces para que pudiera utilizarla a la mañana siguiente.

Al llegar a la puerta de su dormitorio, vio por el montante en forma de abanico que decoraba la parte superior de la puerta que la luz estaba aún encendida. Teniendo en cuenta que había gente durmiendo no demasiado lejos, llamó a la puerta con cuidado. Al no obtener respuesta llamó de nuevo, pero nada.¿Estaría en el baño?

Abrió un poco la puerta y oyó el ruido de la ducha. Loris entró y avanzó de puntillas para dejarla sobre la mesilla de noche, donde él pudiera verla. Pero al volverse hacia la puerta, soltó un suspiro entrecortado. Jonathan salía en ese momento del baño y estaba poniéndose un albornoz corto de felpa blanca. Tenía el cabello húmedo y revuelto y las gotas de agua aún brillaban en el vello rubio de sus piernas.

Sin excesiva prisa o timidez, Jonathan se ajustó el albornoz y se abrochó el cinturón.

—Yo... llamé a la puerta, pero debía de estar en la ducha. Le he traído la maquinilla de Simon. No vendrá este fin de semana.

Él arqueó las cejas.

—¿Simon?

—Mi hermanastro.

—Ah, sí...

Sintió vergüenza al darse cuenta de que estaba allí mirándolo con los ojos saliéndosele de las órbitas como una imbécil, y Loris se dispuso a escapar. Pero notó que, de algún modo, Jonathan estaba entre ella y la puerta.

–Buenas noches otra vez –dijo, algo desfallecida.

De pronto él le tomó la mano y sus ojos verdes le sonrieron.

Aturdida, Loris se quedó mirándolo como hipnotizada durante unos segundos antes de hacer intención de soltarse la mano. Pero él no la soltó.

–Debo irme.

–¿Debe?

Sin darse cuenta, ella se pasó la punta de la lengua por los labios porque de pronto notó que tenía la boca seca.

Entonces él, tiró de ella y le dijo en voz baja:

–Esta vez creo que aceptaré su invitación.

Y sin más deslizó la mano que tenía libre debajo de la cascada de cabello negro, le agarró con delicadeza de la nuca, y un segundo después se inclinó y la besó.

A Loris, aquel beso le resultó tanto placentero como provocativo. Pero aunque se estremeció de los pies a la cabeza, no se sintió alarmada, ni nada que le llevara a pensar que estaba en peligro.

Cuando separó los labios ligeramente, él le deslizó la lengua y le acarició con la punta los suaves pliegues de su boca antes de empezar a besarla más ardientemente.

Los besos de Mark eran apasionados, candentes, demasiado intensos algunas veces. Carecían totalmente de la sutileza e imaginación de los de aquel hombre.

Mientras exploraba su boca con un deleite y una delicadeza extremos, Jonathan empezó a acariciar las esbeltas curvas de su cuerpo con la mano libre.

Cuando esa mano se detuvo sobre el suave montículo de un seno y le rozó el pezón con el pulgar, Loris supo que había llegado el momento de frenar todo aquello.

Pero las sensaciones que sus caricias le provocaban resultaban tan deliciosas que sintió que toda ella se derretía por dentro, y una incipiente avidez que se negaba a ser sofocada la empujaba a desear más.

En respuesta a esa avidez, sus besos y caricias se volvieron poco a poco más intensos, más apasionados.

Pero no era una pasión descontrolada que pudiera haber asfixiado cualquier respuesta, o que pudiera haberla asustado. Era aquella una pasión que la animó a continuar, que la embelesó e invitó a responder del mismo modo, hasta que se vio de repente perdida; atrapada y presa de una oleada de placer sensual...

Loris se despertó despacio de un sueño profundo y satisfactorio, y notó que la luz grisácea de la mañana se filtraba entre las cortinas de la habitación.

A pesar de estar aún aturdida, como si flotara en una nube, se sintió relajada y satisfecha.

Estaba estirándose a placer cuando de repente rozó con el pie una pierna velluda.

En ese momento la cruda realidad se impuso, dispersando la neblina que obnubilaba su mente. Dios mío, ¿pero qué había hecho?

Después de no querer darle a su prometido lo que este tantas veces le había pedido, iba ella y se acostaba con un extraño.

Loris se quedó quieta, escuchando la respiración tranquila y regular de Jonathan Drummond.

Algo más aliviada al ver que no estaba despierto, Loris volvió la cabeza despacio para mirarlo.

Estaba tumbado mirando hacia ella, con la cara tan cerca de la suya que casi se tocaban. Su tez bronceada tenía un aspecto saludable, y su aliento era suave.

Loris pensó en la habilidad y experiencia que Jonathan había demostrado la noche anterior cuando habían hecho el amor.

Al recordar todas las cosas que había sentido junto a

él la invadió un intenso calor. Además, ella le había respondido con la misma pasión. Después del fracaso con Nigel, había empezado a preguntarse con desazón si tal vez fuera frígida. Esa había sido una de las razones por las cuales se había mantenido célibe durante tanto tiempo. Le había dado miedo iniciar otra relación por si acaso ocurría algo parecido.

Pero los acontecimientos de la noche anterior le habían demostrado que podía ser cálida y receptiva, y en absoluto frígida. El fallo no había sido suyo.

Por primera vez se dio cuenta de que Nigel había sido un amante egoísta e inepto quien, además de pisotear su amor propio, había casi conseguido despojarla de la seguridad en sí misma como mujer.

La habilidad y generosidad de Jonathan, la imaginación que había desplegado al hacerle el amor, habían provocado en ella una respuesta que la había sacudido hasta lo más hondo de su ser. Por primera vez en su vida había experimentado la dicha y el deleite que solo había imaginado en sueños.

Loris pensó que de haber pasado la noche con Mark, sería la mujer más feliz del mundo.

Solo que no había sido con Mark, sino con un hombre que acababa de conocer. Un hombre que sin duda la consideraría fácil, y que en frío no sentiría por ella más que desprecio.

Desesperada por marcharse de aquel dormitorio antes de que él se despertara, Loris aspiró hondo y se puso de espaldas muy despacio. Así, con mucho cuidado, se deslizó de la cama sin hacer ruido.

Estaba a punto de recoger su ropa, que estaba toda tirada por el suelo, cuando un movimiento en el pasillo le llamó la atención y le aceleró el pulso de nuevo. Los invitados se habían levantado y estaban empezando a bajar a desayunar.

¿Y si uno de ellos la veía salir de la habitación vestida con el traje de la fiesta?

El albornoz que Jonathan se había puesto al salir de

la ducha estaba tirado sobre una silla. Loris se lo puso inmediatamente y se ató el cinturón. Cuando fue a mirar hacia la cama para asegurarse de que él seguía durmiendo, Loris se llevó un buen susto. Jonathan la estaba observando en silencio, con aquellos luminosos ojos verdes.

Pero ella recogió sus cosas y salió sin decir palabra. Claro que no podía haber elegido peor momento. Justo cuando salía por la puerta se chocó con su padre.

–De modo que por fin llegasteis –dijo en tono ciertamente antipático–. Pensé que podríais haber cambiado de opinión. Nosotros no hicimos un buen viaje, y además el tiempo estaba cada vez peor.

De haber sabido cómo iban a salir las cosas, pensó Loris, podría haber utilizado el tiempo como excusa para no ir...

Al ver la ropa que llevaba en la mano, su padre le preguntó en tono seco.

–¿Mark ha decidido dormir un rato más?

La salvó de contestar una voz femenina.

–Oh, buenos días, sir Peter.

Una mujer pelirroja, demasiado arreglada para ser tan temprano, se acercó a ellos.

Su padre, que siempre había sido un hombre galante, adoptó una expresión encantadora.

–Buenos días, señora Delacost. Siento que no estuviéramos anoche aquí para darles la bienvenida.

–No pasa nada, sir Peter. No llegamos de Montecarlo hasta bien tarde, y su esposa ya me había advertido lo de la fiesta de la empresa...

Mientras hablaba, la pelirroja miró con curiosidad a Loris.

–Esta es mi hija, Loris –dijo Peter al darse cuenta.

Loris aprovechó la oportunidad y, después de dar los buenos días, echó a correr a su dormitorio.

Nada más entrar, cerró la puerta y se sentó en una silla, hecha un flan.

Su padre había sido el primero en apoyar el compromiso matrimonial, y Loris tenía la sensación de que no le había molestado en absoluto verla saliendo del dormitorio de Mark. Pero cuando se enterara de que no era Mark el que estaba allí, sería otra historia. A Loris se le formó un nudo en el estómago.

Aunque jamás le había levantado la mano, optando siempre por fríos silencios o una reprimenda cuando ella lo molestaba, la ira de Peter Bergman siempre la había acobardado.

Pero ella ya no era una colegiala, sino una mujer independiente de veinticuatro años. No tenía derecho a decirle lo que debía o no debía hacer; ningún derecho a quejarse de su comportamiento...

Excepto que estaba en su casa. El último lugar que habría elegido para descarriarse y humillarse. Y eso era exactamente o que había hecho. Había sido un estúpido error. Una noche de pasión sin sentimiento alguno por ninguna de las partes. Loris condenaba a Mark, pero ella no era mejor. La única diferencia era que la decisión de Mark de acostarse con otra había sido premeditada, mientras que la suya nada más lejos de eso.

¿Entonces qué pasaba con su compromiso?

Sin duda estaba en peligro.

Empezó a dolerle la cabeza y pensó en llamar para que le subieran una taza de café, pero decidió darse primero una ducha.

De pronto se acordó de Jonathan y pensó cómo se sentiría. Su comportamiento desde luego no había sido el mejor. Loris recordó que lo había dejado despierto cuando había salido de su habitación; de modo que, con un poco de suerte, se habría vestido y marchado discretamente.

Después de secarse, se maquilló un poco para ocultar una palidez poco habitual en ella, antes de vestirse con unos pantalones de lana fina color tabaco, una blusa en tono marfil y un chaleco bordado. Hecho eso, se armó de valor y salió de su habitación con la cabeza bien alta.

La puerta de enfrente la atrajo como un imán, y Loris se quedó delante escuchando. Pero no salía ningún ruido. ¿Querría eso decir que ya se había marchado? Loris rezó para que así fuera. Avergonzada por su debilidad, no quería ni pensar en volver a verlo cara a cara.

Y había otra cosa a tener en cuenta. Si se había marchado sin ser visto, ella no tendría que decir quién había dormido en la habitación de Mark. Eso le evitaría muchos problemas. Aunque no tenía razón alguna para proteger la identidad de Jonathan Drummond, si su padre y Mark se enteraban de que había dormido allí le costaría muy caro. Estaba segura de que presionarían a Cosby's para que, con un pretexto u otro, se libraran de él.

Loris tenía que cerciorarse, de modo que abrió la puerta con cuidado y se asomó. La habitación estaba gracias a Dios vacía, y por la puerta abierta de par en par del cuarto de baño vio que allí tampoco había nadie.

Fue hasta la ventana, que daba a la parte delantera de la casa y se asomó.

La lluvia había cesado temporalmente, aunque el cielo estaba todavía cubierto, como si fuera a seguir lloviendo más tarde.

Allí estaban todos los coches que había visto al llegar la noche anterior, pero no había señal de la berlina blanca en la que Jonathan la había llevado hasta allí.

Debía de haber vuelto a Londres.

Más aliviada, Loris bajó las escaleras de camino al comedor para desayunar.

Capítulo 3

PARA CONTRARRESTAR el día gris, todas las luces estaban encendidas en el amplio comedor orientado hacia el este. Unos cuantos invitados estaban todavía desayunando, mientras otros conversaban, tomaban café u ojeaban los periódicos del domingo.

Al ver que no había rastro de su padre, Loris lo agradeció de verdad. Aunque se daba cuenta de que era pura cobardía, prefería retrasar cualquier enfrentamiento el mayor tiempo posible.

Dio los buenos días a la gente que estaba allí y se dirigió hacia el final de la mesa larga, pero al levantar la cabeza para sentarse se quedó helada.

Allí sentado, untándole mantequilla a una tostada y charlando con su madre como si fuera lo más natural del mundo, estaba Jonathan Drummond.

Levantó la cabeza y en cuanto la vio se puso de pie con educación.

—Buenos días.

Iba vestido con unos pantalones gris marengo, una camisa verde pálido y corbata a juego, y una americana que Loris reconoció de su hermanastro.

Para desgracia suya, su aspecto era sereno y confiado, en control de la situación.

—Buenos días. Pensé que te habías marchado... —contestó Loris, algo cortada—. Tu coche no estaba en la entrada —añadió en tono casi de acusación mientras él le retiraba una silla para que se sentara.

—Como lo había dejado justo delante de la puerta, pensé que sería mejor cambiarlo de sitio —volvió a su asiento y se dispuso a untar mermelada en la tostada—.

Tu madre sugirió que al ser un coche alquilado estaría mejor en uno de los garajes.

Sin duda para que nadie lo viera. Jonathan no añadió nada, pero la irónica sonrisa en sus labios lo dijo todo.

Isobel se sirvió más café y le sonrió, la perfecta anfitriona, dejando muy claro que a pesar de que su coche no estuviera a la altura, lo encontraba de lo más agradable.

–Jonathan me estaba contando que está en Cosby's... –dijo, dirigiéndose a Loris.

Loris se preguntó si su madre sabría que no era más que un modesto secretario personal, pero como estaba claro que no sabía nada, no dijo ni palabra.

Se sirvió también un poco de café y lo bebió con agrado mientras su madre continuaba hablando.

–Antes de llegar tú le estaba comentando lo amable que ha sido por su parte traerte hasta Monkswood en una noche como la de ayer.

Loris se dio cuenta de que su madre esperaba que ella dijera algo, de modo que coincidió en tono seco con sus palabras.

–Es cierto.

Isobel se volvió hacia Jonathan, como si quisiera compensar la falta de afabilidad de su hija.

–Me alegra tanto que Loris consiguiera convencerlo para que se quedara. ¿Juega al bridge o al whist, por casualidad? –preguntó sin demasiada esperanza.

–A los dos. Aunque no particularmente bien.

–En el último momento el coronel Jefferson no ha podido venir, de modo que cualquiera que juegue a las cartas será bienvenido para unirse a nuestro pequeño grupo.

–Oh, pero el señor Drummond no podrá quedarse el fin de semana –dijo Loris con más ímpetu que cortesía.

Isobel miró a su hija, sorprendida por su vehemencia.

–Pues sería lo lógico. Aparentemente, el Elder se ha desbordado y unas cuantas carreteras locales están inundadas, con lo que el viaje de vuelta a la ciudad podría resultar casi imposible –comentó.

–Pero... no ha venido preparado para quedarse –Loris se valió de su sentido práctico para disimular el miedo–. Me refiero a la ropa y todo eso...

–La ropa no es problema. Afortunadamente, Jonathan y Simon usan la misma talla, y Simon tiene el ropero lleno de cosas que ni siquiera se ha puesto.

–Pero estoy segura de que el señor Drummond... –empezó a decir.

Con cara seria pero un brillo malicioso en la mirada, Jonathan la interrumpió.

–Vamos, creo que nos conocemos lo suficiente como para que me llames Jonathan.

Ella se mordió el labio y continuó.

–Estoy segura de que «Jonathan» tiene que volver. No podemos esperar que él...

–Como ya le he dicho a tu madre, me encantaría quedarme –volvió a interrumpirla en tono afable.

Loris lo miró con rabia e impotencia, preguntándose qué diantres tendría en mente.

–¡Lo ves! Ya está todo arreglado –dijo Isobel con cierta irritación–, aunque ya lo estaba hacía un buen rato. Voy a pedir que le preparen la habitación de Simon por si acaso Mark pudiera venir al final, para que pueda disponer de su habitación de siempre. Aunque al principio me pareció que estaba algo dudoso...

–¿Has hablado con él?

–Llamó hará unos veinte minutos para disculparse por su ausencia y dijo que sentía no haber venido como habíamos planeado.

–¿Lo sabe papá?

Isobel sacudió la cabeza.

–Tu padre salió directamente nada más desayunar. Está con Reynolds comprobando los daños que aparentemente han sufrido algunas de las casas de la finca después de la tormenta de anoche.

–¿Cuando hablaste con Mark, te contó lo que pasó anoche? –le preguntó Loris con cautela.

–Aparentemente la hija de Alan Gresham se puso indispuesta de repente, y como no había taxis disponibles, Mark se ofreció para llevarla a casa.

Loris miró a Jonathan y vio reflejada en su mirada una mezcla de burla y desprecio.

—Como tu padre y yo ya nos habíamos marchado, la verdad es que resultó de lo más conveniente que Mark estuviera allí para hacer su papel de anfitrión.

A juzgar por el comentario de Isobel, se vio que esta no tenía ni la más mínima idea de que la hija de Alan Gresham y la rubia eran la misma persona.

—Dijo que te localizaría y que, si podía, te traería aquí para la hora del almuerzo. La verdad es que se quedó muy sorprendido cuando le dije que tú ya estabas aquí...

«Sin duda», pensó Loris con cinismo.

—Parece que todo fue un malentendido. Dijo que no pudo encontrarte para decirte lo que había pasado, y después, cuando volvió al hotel, parece ser que tú ya no estabas allí y que la mayor parte de los invitados se habían marchado. Pensó que debido al tiempo que hacía debías de haber decidido irte directamente a casa en lugar de venir para acá —Isobel hizo una pausa y miró a su hija, claramente preguntándose si habrían discutido—. ¿Cómo decidiste venir aquí sin él?

—Mi apartamento estaba ocupado.

—¿Ocupado?

—Se lo he prestado estas dos noches a Judy y a Paul.

—Aun así...

—Están de luna de miel.

—Ah. Bueno, al final todo ha salido bien. O más bien todo habrá salido bien cuando por fin Mark consiga llegar.

—Pensé que dijiste que tal vez no vendría.

—Al principio parecía dudoso, pero en cuanto se enteró de que estabas aquí dijo que intentaría venir por todos los medios.

Loris deseó fervientemente que no se presentara allí. La situación ya sería bastante incómoda cuando su padre se enterara de lo ocurrido, sin la presencia de Mark para añadirle hierro al asunto.

–Aunque no sé cómo podría llegar sin contratiempos...

–Si continúa por la carretera principal hasta Harefield, y después se desvía por Dew Lane, que discurre por una zona de terreno más elevado, tal vez consiga llegar hasta aquí –dijo Jonathan con un optimismo que no hizo sino poner a Loris más nerviosa de lo que estaba ya.

Confundida, se preguntó cómo podía Jonathan aparentar tanta calma ante la posible llegada del otro.

Probablemente imaginaba que ella no diría ni palabra de lo ocurrido la noche anterior. Y si las cosas hubieran sido distintas, reacia por naturaleza a no divulgar su vergonzoso comportamiento, así lo habría hecho. Pero lo que Jonathan no sabía era del desafortunado encuentro con su padre esa mañana.

–Parece como si conocieras bien esta zona, Jonathan –le estaba preguntando Isobel muy sorprendida.

–Así es.

–¿Entonces no has vivido siempre en Estados Unidos?

–Solo durante los últimos años. Nací y me crié muy cerca de aquí.

–¡Oh! –Isobel le sonrió–. ¿Entonces, seguramente conocerás a sir Hugh Drummond?

Loris suspiró. Su madre, que provenía de una familia relativamente modesta y siempre había querido ocultarlo, era una completa esnob.

Jonathan arqueó una ceja.

–¿El rico y aristocrático dueño de Merriton Hall?

–Sí –contestó Isobel, ajena a la ironía–. ¿Es acaso familia tuya... ? ¿Tu padre, tal vez?

Jonathan miró a su anfitriona a la cara con calma.

–Mi padre era un humilde médico de cabecera.

Loris se preguntó por qué había añadido lo de humilde. ¿Acaso estaría acomplejado por no ser rico? ¿O lo habría dicho para recalcar algo en especial?

Isobel cambió de tema apresuradamente, y comentó con excesiva alegría:

–Me temo que no hemos hecho demasiados planes para hoy. Las actividades deportivas al aire libre parece que no van a poder celebrarse. Hay un servicio religioso al mediodía en San Bernabé al que voy a asistir con algunos de mis invitados. ¿Le gustaría unirse a nosotros?

–Gracias. Pero pensé en pedirle a Loris que diera un paseo conmigo –miró a Loris y continuó hablando–. No está lloviendo, y no pienso que el terreno esté demasiado mal si subimos por las colinas de Stonywood.

Necesitaba dar un paseo, pero lo que menos le apetecía era hacerlo en compañía de Jonathan Drummond.

Estuvo a punto de rechazar su invitación, pero se lo pensó mejor. Su presencia en Monkswood solo crearía más problemas, pero si podían estar un rato en un sitio donde nadie pudiera oírlos, lo avisaría para que recapacitara y se marchara lo antes posible.

–Me apetece dar un paseo –dijo con toda la cordialidad de la que pudo hacer acopio–. No me vendría mal tomar un poco el aire y hacer algo de ejercicio.

Algo sorprendida por la rápida aceptación de su hija, Isobel dijo:

–En ese caso iré a prepararme para ir a la iglesia. Os veré a la hora del almuerzo. Con un poco de suerte, Mark estará aquí para unirse a nosotros.

Con un brillo malicioso en la mirada, Jonathan murmuró:

–Creo que será divertido.

Ignorando el comentario, Loris se puso de pie. Por si acaso volvía su padre, pensó que cuanto antes salieran de la casa, mejor.

–Bueno, si quieres que vayamos a dar ese paseo...

–Desde luego que sí –la siguió fuera del comedor–. Aunque tal vez necesite tomar prestado un par de botas, ya que estos zapatos de vestir no me parecen muy apropiados para salir a caminar.

–Imagino que conoces ya cuál es el dormitorio de Simon –comentó en tono seco mientras subía por las escaleras.

–Sí, Isobel, tal y como ella ha insistido que la llame, me llevó allí esta mañana –al ver la expresión seca de Loris, Jonathan sonrió–. Me doy cuenta de que habrías preferido que hubiera desaparecido sin decir nada como un ladrón, en lugar de sentarme a desayunar con tu madre –Loris se ruborizó–. Pero cuando iba bajando las escaleras, me la encontré por el camino...

Parecía que aquella había sido la mañana de los encuentros desafortunados, pensó Loris con pesar.

–Me vi obligado a explicar mi presencia y por qué llevaba aún el esmoquin. Ella fue muy amable.

–Sí, me lo imagino –dijo Loris en tono seco, recordando el impecable traje de etiqueta de Jonathan.

Jonathan entendió el sentido de su comentario inmediatamente y le preguntó en tono irónico:

–¿Entonces crees que habría sido mejor si le hubiera dicho estar emparentado con sir Hugh Drummond?

–No, no lo creo. Y si esperas que me disculpe por su esnobismo...

–No espero que lo hagas. Tú no eres responsable de sus fallos, aunque ella sí que lo sea de los tuyos.

Loris se estremeció.

–Si crees que quería que te marcharas porque me sintiera avergonzada de ti...

–¿Y no es así?

–No –dijo con rabia–. Desde luego que no. Me sentí avergonzada, pero más bien de mí misma.

Él la miró con curiosidad.

–Yo no...

Habían llegado a la puerta de la habitación de ella y, antes de que Jonathan pudiera terminar de decir lo que fuera, Loris la abrió y le dijo:

–¿Podríamos hablar después?

–Desde luego.

Sin decir más, Jonathan desapareció en dirección al dormitorio de Simon.

Loris se quitó el chaleco, se puso un suéter de lana

color hueso, unas botas y un anorak antes de salir pitando de la habitación.

Él estaba ya esperándola en el pasillo, vestido de manera similar.

Salieron de la casa sin hablar y, siguiendo el viejo muro de ladrillo rojo que bordeaba Monkswood, tomaron el camino que corría entre la finca y la arboleda.

Hacía frío y algo de viento, pero parecía que de momento no iba a llover. Ninguno de ellos llevaba la cabeza cubierta, de modo que caminaron enérgicamente, evitando las pequeñas ramas y los charcos que habrá en el camino.

Cuando llegaron a una zona de terreno más elevado, Loris aminoró el paso y se puso a caminar a su lado. Esa mañana parecía más alto, y Loris se dio cuenta de que era porque ella no llevaba tacones.

Estaba preguntándose cómo abordar el tema que le tenía preocupada cuando él dijo:

—Después de tu fría recepción inicial de esta mañana, me gustaría saber por qué has querido acompañarme a dar un paseo. Supongo que no sería porque echabas en falta mi compañía –añadió en tono burlón.

—Supones bien –le informó escuetamente–. Quería pedirte que te marcharas.

—Dime una cosa. ¿Es solo a mí a quien no soportas? ¿O normalmente prefieres que tus acompañantes de una noche desaparezcan sin hacer ruido a la mañana siguiente?

—¿Cómo te atreves a hablar así? –dijo medio ahogada, demasiado furiosa para hablar–. No me gustan los líos de una noche. Anoche fue la primera vez en mi vida que yo...

—¿Engañaste a tu prometido? –le sugirió.

—Me dejé seducir.

—Sin la menor intención de resultar grosero, ¿me permites aclarar que tú lo provocaste?

—Yo no hice tal cosa –dijo con rabia.

—Volviste a mi dormitorio con el pretexto de llevarme una maquinilla...

–No fue un pretexto –al ver que no estaba en absoluto convencido, Loris insistió–. De verdad, no lo fue.

–¿Por qué no reconoces que no fue más que una especie de venganza?

–¿Venganza? –repitió.

–Tu prometido se fue con otra, de modo que tú me invitaste a pasar la noche, a dormir en su dormitorio, para tenerme «a mano», digamos.

Al recordar la escena de la pista de baile, dejó de caminar bruscamente, se volvió hacia él y lo miró horrorizada.

–No pensarás eso en serio, ¿verdad? No creerás que te utilicé para vengarme.

–¿Qué más puedo pensar?

De pronto le parecía muy importante convencerlo de que esa no había sido su intención.

–Estás equivocado. Muy equivocado –gritó apasionadamente–. Tal vez tenga muchos defectos, pero no soy de esa clase de mujer. Un beso en la pista de baile, donde todo el mundo se estaba besando, habría sido una cosa, pero jamás habría soñado ir tan lejos como para...

–Bueno, si no fue por venganza y no te gustan los líos de una noche, ¿por qué volviste a mi habitación?

–Te lo he dicho.

–¿Quieres decir que solo fue para llevarme la maquinilla?

–Sí.

–Entonces lo único que puedo decir es que eres de lo más inocente.

–La palabra estúpida me iría mejor –le corrigió con amargura.

Él le tomó ambas manos.

–Lo siento –se disculpó.

–¿Por pensar tan mal de mí? ¿O por seducirme?

–Por las dos cosas. No tengo por costumbre seducir a las prometidas de otros hombres, excepto cuando...

–¿Excepto cuando te provocan?

–Lo siento –repitió, sacudiendo la cabeza–. Me equivoqué totalmente. Pensé que deseabas que te hiciera el amor tanto como yo. Me pareció... –se calló bruscamente, pero al momento continuó hablando–. Debería haberme dado cuenta de mi error cuando saliste corriendo esta mañana como un conejo asustado. Créeme, no fue mi intención ser así, y la culpa es mía –le soltó las manos–. Si quieres que volvamos ahora a la casa, me marcharé en cuanto me cambie.

Eso era lo que había deseado oír, sin embargo, como era una persona sincera, pensó que no podía dejar que se marchara pensando que él había tenido la culpa de todo.

–Es totalmente cierto que el llevar la afeitadora no fue un pretexto; también es cierto que jamás me he entregado a las relaciones sexuales promiscuas...

Él levantó una ceja.

–Pensé que había sido algo más que eso.

–¿Cómo podría ser nada más? Somos casi dos extraños...

–¿Y acaso importó el hecho de que apenas nos conociéramos? ¿No fue mucho más importante cómo nos hicimos sentir el uno al otro?

Al ver que ella permanecía en silencio, él continuó.

–Me pareció que disfrutaste tanto como yo. ¿Me he equivocado también en eso?

No se había equivocado. Había sido maravilloso, pero no pensaba decírselo.

–Lo que quiero decir es que la culpa no fue enteramente tuya –continuó diciendo ella, ignorando su pregunta–. Yo soy tan responsable de lo ocurrido como tú. Sí que quise que me hicieras el amor... –dijo–. Es tan raro en mí. Por eso no podía enfrentarme a ti esta mañana. Me sentí tremendamente avergonzada. Me imaginé que pensarías que soy una mujer fácil, pero al final ha resultado que has pensado lo peor de mí.

–Y lo siento en el alma.

–Yo también lo siento. Siento haberte implicado en algo que podría tener consecuencias bastante desagradables.

Él estudió sus encantadoras facciones. Sus ojos color ámbar lo miraban con seriedad bajo un flequillo negro, despeinado por el viento, su nariz pequeña estaba colorada del frío y la boca generosa fruncida de preocupación.

Jonathan ahogó un repentino deseo de besar aquellos labios pálidos hasta sacarles algo de color.

–Sigamos caminando. Si nos quedamos quietos nos vamos a quedar helados.

–Pero pensé que íbamos a volver –objetó.

–Hay un buen trecho hasta la casa, y se ve que estás helada. ¿Y si vamos hasta el Lamb and Flag, que está a un par de minutos de aquí, y nos tomamos un café muy caliente?

Loris no sabía lo que hacer. Le apetecía mucho un café caliente, pero al mismo tiempo quería que se marchara antes de que Mark llegara y su padre descubriera lo que había pasado.

Al ver que vacilaba, Jonathan le dio la mano.

–Vamos, está empezando a llover –dijo, y echó a andar por el camino que les llevaría al pub.

En el interior del establecimiento las paredes eran de enlucido, y los techos bajos de vigas de madera. En una chimenea grande y antigua ardía y chisporroteaba un grueso tronco de árbol. El suelo era de losas de piedra, pulidas y abrillantadas por el paso del tiempo y el desgaste de la gente.

En ese momento, sin embargo, el local estaba vacío, a excepción de la pechugona mesonera que estaba colocando unos vasos detrás de la barra.

–Vaya mañanita más desagradable –los saludó con alegría.

–Desde luego –contestó Jonathan.

–¿Qué vais a tomar? –preguntó, esbozando una amplia y acogedora sonrisa.

–¿Podría prepararnos una cafetera grande?

–Desde luego que sí. Siéntense junto al fuego y se lo llevaré enseguida.

Después de ayudar a Loris a quitarse el anorak, Jonathan se quitó también el suyo y colgó los dos en los percheros de madera que había detrás de la puerta.

Entonces vio que había cambiado la americana por un suéter de lana verde oscuro que resaltaba aún más el tono dorado de sus cabellos.

Al sentir la inesperada fuerza de la atracción, Loris evitó su mirada cuidadosamente cuando él se dio la vuelta y se dirigió hacia la mesa junto a la chimenea. Loris se quitó los zapatos y estiró los pies para desentumecerlos un poco. Cuando empezaron a calentársele la mujer les llevó la cafetera y dos tazas.

–Aunque no esperamos muchos clientes hoy por el mal tiempo, creo que habrá algo para almorzar listo dentro de media hora, si os apetece comer –entonces se volvió hacia Jonathan–. Hoy tenemos uno de tus favoritos. Pollo con pasta al horno.

–Parece como si vinieras aquí a menudo –comentó Loris cuando la mesonera los dejó solos.

–Me he pasado un par de veces desde que he vuelto –dijo con naturalidad.

–Pensé que vivías en la ciudad.

–Sí, durante la semana. Pero desde que volví a Inglaterra he estado por esta zona casi todos los fines de semana, visitando sitios que solía frecuentar hacía años.

Cuando ya iban por el segundo café, mientras Loris intentaba pensar en la mejor manera de contarle lo que debía saber, él se le adelantó.

–Dijiste algo de no sé qué consecuencias desagradables...

–Sí –suspiró–. Cuando Mark se entere de lo que ha ocurrido, se pondrá furioso.

–No me parece que pueda tener razón para ello –Jonathan comentó con tranquilidad–. Después de todo, puede decirse que él fue el primero en sacar los pies del tiesto.

–No creo que él tenga en cuenta eso. En cualquier caso, con un error no se subsana otro... –nada más decirlo, Loris se dio cuenta de lo cursi que sonaba su afirmación– Y, en parte, yo lo empujé a ello.

Jonathan arqueó las cejas.

–¿Que tú lo empujaste a ello? ¿No lo dirás porque llegaste tarde a la fiesta?

–Bueno, en parte... Aunque fue por muchas más cosas.

–¿Una incompatibilidad creciente? –se aventuró.

–Desde luego que no –al ver que él estaba esperando a que ella le diera una explicación, Loris se puso colorada–. Es algo de lo que prefiero no hablar.

–¿Pero como te sientes culpable, para redimir tu conciencia, tienes intención de confesarlo todo?

–No. Lo cierto es que no tengo mucha opción. Esta mañana, cuando salía de tu dormitorio, me encontré con mi padre en el pasillo. Yo llevaba mi ropa en la mano, el vestido de fiesta de anoche...

–¡Ah! Y eso te delató –dijo en tono divertido–. ¿Entonces por qué no entró en el dormitorio con una escopeta?

–Porque es el dormitorio de Mark, y él no sabía, de hecho aún no sabe, que Mark no está en Monkswood, como había planeado.

–Entiendo... Y por supuesto está acostumbrado a que duermas con tu prometido.

Ella sacudió la cabeza.

–No, eso no tiene sentido. Si tus padres saben que vosotros dos dormís juntos, ¿por qué os dan habitaciones separadas? Sin duda no será por las apariencias.

–No lo saben.

–Entonces estabas acostumbrada a cruzar el pasillo de puntillas, ¿no?

–No –dijo con irritación.

Él la miró confundido.

–¿Quieres decir que si estás en casa de tus padres te vuelves completamente victoriana?–como ella no respondió, él continuó–. ¿Cuando tu padre te vio abandonar lo que él pensaba que era la cama de Longton, se disgustó por ello?

–Al contrario, creo yo, después de lo que pasó en la fiesta. Sabes, Mark y él siempre se han llevado muy bien, y mi padre está deseando tenerlo como yerno...

–Eso es comprensible. Se parecen mucho.

–No, en realidad no... –dijo, pero Loris tuvo que reconocer para sus adentros que sí que se parecían; mismamente su madre ya se había dado cuenta.

Aunque siempre había hecho lo posible por llevarse bien con su padre, Loris nunca lo había conseguido. En ese momento, incomodada tras darse cuenta repentinamente de lo mucho que se parecían su prometido y su padre, Loris se mordió el labio con pesar.

–De modo que, mientras que no objeta que duermas con Longton, pondrá el grito en el cielo cuando descubra que no fue Longton con quien pasaste la noche.

–Exactamente –dijo ella, añadiendo un tono de urgencia renovada–. Por eso quiero que te marches antes de que Mark llegue y se entere de todo.

–No me apetece mucho salir corriendo. A no ser que hayas decidido hacerlo conmigo.

–No lo creo. ¿De qué me serviría? Tendré que enfrentarme a ellos alguna vez. Pero cuanto antes te vayas tú, mejor.

Loris se agachó a ponerse los zapatos, para prepararse para marchar, pero él la detuvo.

–¿No preferirías comer aquí, nosotros dos solos delante de esta estupenda chimenea, en lugar de en Monkswood? Además, ya son más de las doce.

Sinceramente, sí. Casi cualquier cosa sería mejor que comer en casa. Pero sencillamente no había tiempo.

–No has desayunado –continuó–. Así que supongo que tendrás hambre.

–No... No tengo hambre.

–Bueno, pues yo sí.

Claramente agitada, Loris insistió.

–Pero no tenemos tiempo de quedarnos a comer. Supongo que podrías tomar algo en el viaje de vuelta a Londres.

–He decidido no marcharme todavía.

–Pero debes hacerlo...

Mark era posesivo, y tenía tendencia a ser celoso por cualquier cosa. En una ocasión había amenazado con darle un puñetazo a un camarero porque decía que la estaba mirando.

Pero en esa ocasión sí que había una buena razón para estar celoso, y Loris se estremeció al pensar en lo que podría ocurrir. Si perdía los estribos y se enzarzaban en una pelea, Jonathan, que era unos cuantos centímetros más bajo, algo más menudo y tenía unos cuantos kilos de menos, podría salir perdiendo.

–Mark puede mostrarse muy amedrentador cuando pierde los estribos –añadió ella.

–Santo cielo –dijo Jonathan en tono bajo–. Estoy muerto de miedo.

Ella apretó los dientes.

–Me gustaría que te lo tomaras en serio.

–¿Y cómo crees que me lo estoy tomando?

–Esto no es tema de bromas. Se va a poner muy furioso.

–¿Y no se pondrá también furioso contigo?

–Sí –reconoció–. Pero no pegaría a una mujer... –se calló cuando apareció la mesonera.

–Si queréis comer, la comida está lista. ¿Queréis que os la traiga?

Loris estaba a punto de decir que no educadamente cuando Jonathan se le adelantó.

–Eso sería estupendo, señora Lawson.

Cuando la señora Lawson se dio la vuelta, Loris le rogó desesperadamente:

–Por favor, Jonathan...

–Eres muy amable por preocuparte tanto por mí.

–No es amabilidad, es necesidad. Tú nunca has visto a Mark cuando se enfada. Aunque sé que no golpearía a una mujer, no se andará con reservas si tiene que pegar a un hombre.

–¿Y te desmayarás al ver la sangre?

Preocupada por su bienestar, y enfadada con él por tratar todo el asunto con tanta ligereza, sintió que se le llenaban los ojos de lágrimas.

–¿Es que no lo ves? Si te hace daño yo me sentiré culpable.

Él le tomó la mano y se la llevó a los labios.

–No hay por qué preocuparse. Aunque no soy Superman, tampoco soy un debilucho. Sé cuidar de mí mismo.

De pronto, y sin saber bien por qué, Loris sintió que Jonathan era totalmente capaz de lo que decía.

–¿Así que por qué no te olvidas de todo y disfrutas de la comida?

–No creo que pueda –reconoció.

–¿Tienes miedo de que yo le dé una paliza a él? –le preguntó con curiosidad.

Ella sacudió la cabeza, sonriendo a pesar de todo.

–Es que es todo tan lioso... –dijo con sinceridad.

–Seguramente algo bueno resultará de todo esto.

–No lo creo. ¿Te has parado a pensar que si mi padre y Mark aúnan sus fuerzas en contra tuya, tu empleo podría peligrar?

–Debo reconocer que no lo había pensado.

–Esa era la razón por la que esperaba que te hubieras marchado antes de que nadie te viera o supiera quién eras. Ahora es demasiado tarde... A no ser que pueda convencer a mamá de que se olvide de ti y no diga nada –añadió algo esperanzada.

–Me imagino que es algo tarde para eso –dijo Jonathan con naturalidad–. Tanto tu padre como tu madre estarán lo más seguro de vuelta. Y, a no ser que le haya surgido algún problema grave, Longton debería estar también en Monkswood... Ah, aquí llega la comida.

Capítulo 4

AUNQUE estaba convencida de que no podría probar bocado, ante la insistencia de Jonathan, Loris probó el pollo con pasta al horno y lo encontró delicioso.

–Mmm –murmuró–. Está casi tan rico como lo preparan en Il Lupo.

–¿Qué es Il Lupo?

–Es un pequeño restaurante muy cerca de Piccadilly. Si como en la calle y estoy cerca de Shear Lane, normalmente lo hago allí. La comida es excelente y los precios razonables.

–Con un padre rico, no se me habría ocurrido que eso fuera algo necesario.

–¿Y qué tiene que ver tener un padre rico? Soy independiente desde que salí de la facultad.

–Sin duda te ayudaría mientras estudiabas la carrera.

–No. Trabajaba los fines de semana y por las tardes para pagarme los estudios.

–¿Por qué iba a dejar un hombre adinerado que su hija se ocupara de su propia manutención?

–Tal vez pensó que eso me imprimiría carácter. O tal vez mamá tenga razón cuando lo llama viejo roñoso.

Temerosa de que Jonathan continuara hablando del asunto, Loris sintió un gran alivio al ver aparecer a la señora Lawson con dos pedazos crujientes de tarta de manzana y dos porciones de queso. Al poco rato, la mujer volvió con una cafetera.

–Una excelente comida –la felicitó Jonathan.

Cuando Loris sirvió el café, Jonathan se fijó en el magnífico anillo de diamantes que llevaba en el dedo.

–¿Cuánto tiempo lleváis prometidos? –preguntó con naturalidad.

–Tres meses.

–¿Habéis hecho planes de boda?

–Aún no hemos concretado nada... Aunque hemos hablado de casarnos a finales de junio.

–Dijiste que Longton se pondrá furioso contigo... ¿Crees que romperá el compromiso?

–No –contestó ella con confianza–. Estoy segura de que no.

–¿Y tú? ¿Quieres romperlo?

–No lo creo.

–¿A pesar de cómo te trató anoche?

–Ya te he dicho que sobre todo fue culpa mía.

–¿Dime cómo?

Al ver que no tenía intención de dejar el tema, Loris continuó.

–Cuando me acerqué a Mark para disculparme por haber llegado tarde, él empezó a hablar de la belleza de Pamela y del interés que ella había mostrado por él. Creo que quería darme celos...

–¿Por alguna razón en particular? –preguntó Jonathan.

–Quería que accediera a dormir con él esa noche, pero como íbamos a estar en Monkswood, yo me negué. No me gustó la idea de dormir con él en casa de mis padres –Loris se dio cuenta de lo ridícula que debía parecerle a Jonathan después de lo que había pasado entre ellos, y se sonrojó–. Intentó persuadirme, pero la idea seguía incomodándome. Como él no estaba de humor para aceptar un no por respuesta, me sugirió que volviéramos a su apartamento antes de venir a Paddleham. Estaba a punto de acceder, cuando él se puso muy impaciente y dijo algo como: «Te lo advierto. Esta vez no pienso aceptar un no por respuesta...».

Al darse cuenta de lo reveladoras que resultaban sus palabras, se calló consternada.

–¿Entonces tú qué dijiste? –preguntó Jonathan con cautela, fijándose muy bien en las palabras de Loris.

–Perdí los estribos y le dije que tendría que aceptarlo. Y él dijo: «Maldita sea, si no quieres venir conmigo a mi apartamento, sé de alguien que estará encantada».

–Se refería a la señorita Gresham, por supuesto.

–Alardeó diciendo que como ella estaría muy dispuesta, tal vez él se animara a pedírselo. Entonces yo le dije: «¿Y por qué no lo haces?», y di media vuelta y me marché.

–¡Bien hecho! –la aplaudió Jonathan.

–Pero, no te das cuenta, si hubiera accedido a volver con él a su apartamento, nada de esto habría pasado y no estaríamos metidos en este lío.

–¿Tú querías volver con él a su apartamento?

–En realidad no –reconoció, bajando la vista–. Después de lo que había pasado, no estaba de humor. Pero se me ocurrió que había llegado el momento de...

Él entrecerró los ojos.

–¿El momento de qué? ¿De acostarte con él?

Ella pestañeó antes de contestar.

–Sí.

–Pero no lo habías hecho anteriormente –afirmó más que preguntó.

El hecho de que nunca se había acostado con Mark era algo que hubiera preferido que Jonathan no supiera. Suscitaría demasiadas preguntas. Sin embargo, no tuvo ganas de mentir al respecto.

–¿Lo amas?

–Sí. Por supuesto que lo amo –añadió, casi como si quisiera convencerse a sí misma de ello.

–¿Entonces por qué aún no te has acostado con él? Hoy en día es muy normal acostarse con el prometido de una.

–Por varias razones –dijo débilmente–. Es una larga historia.

–Tengo todo el día –al ver la mueca de rechazo en el rostro de Loris, Jonathan quiso tranquilizarla–. Dada la hora que es, no tiene sentido volver corriendo, así que cuéntame por qué no te has acostado con Longton. Seguramente no habrá dejado de presionarte.

Sin saber por qué, Loris empezó a hablarle de Nigel.

Jamás se lo había contado a Mark. Tal vez porque casi nunca hablaban. Además de gustarle ver deportes en la televisión, Mark disfrutaba asistiendo a fiestas y saliendo. Y en las pocas ocasiones en las que tenían tiempo para charlar, él tenía la tendencia a dominar la conversación. Más que escuchar, le gustaba hablar.

Jonathan estudió su expresivo rostro.

–¿Entonces qué pasó? ¿Por qué rompisteis? –le preguntó.

Ella se lo contó desapasionadamente.

–Y su desprecio destruyó mi confianza en mí misma como mujer...

–Pero sin duda no sería igual la vez siguiente.

–No hubo vez siguiente.

–¿Quieres decir que te has mantenido alejada de los hombres todos estos años porque un cerdo no solo te traicionó sino que encima te hizo creer que eras frígida?

–No del todo –intentó ser justa–. Nadie me había atraído lo bastante para hacerme desear intentarlo de nuevo, hasta que conocí a Mark.

–Pero acabas de admitir que incluso a él lo has mantenido a raya.

–Sí –Loris miró hacia las llamas y suspiró–. En realidad no era mi intención, pero de algún modo ha pasado así...

Lo mismo que la noche anterior, solo que al revés.

–Sabiendo ya que eres cualquier cosa menos frígida, me sorprende mucho que no hayas querido acostarte con alguien que dices amar.

Su modo de hablar la invitó a mirarlo. Jonathan sonreía ligeramente, como si estuviera satisfecho.

Loris se dio cuenta con sorpresa de que había desnudado su alma, al igual que su cuerpo, delante de un hombre que era poco más que un extraño.

Tragó saliva y esperó a que él le hiciera la pregunta

más obvia. Una pregunta a la cual ella debía aún encontrar respuesta. ¿Por qué él?

Pero haciendo gala de una sensibilidad por la que solo pudo sentirse agradecida, él cambió de tema discretamente.

—Has dicho que eres diseñadora de interiores... ¿Qué implica tu trabajo? ¿Seleccionar mobiliario? ¿Telas? ¿Gamas de colores?

Olvidándose temporalmente de los problemas del fin de semana, Loris empezó a animarse, alentada por el interés de Jonathan, y charló con entusiasmo de su amor por el color y el diseño, y del placer que hallaba en su trabajo.

—Parece que se trata de una pasión para toda la vida —observó.

Su expresión se ensombreció ligeramente.

—Mark quiere que deje de trabajar cuando nos casemos —dijo de plano—. Dice que la esposa de un hombre rico no tiene necesidad de trabajar.

—No necesidad económica. Pero hay otras consideraciones igual de importantes.

—Mark no parece pensar eso.

—¿Entonces qué vas a hacer si no puedes trabajar?

—¿Aparte de quedarme sentada contando mi dinero todo el día? La verdad es que no lo sé.

Era un tema delicado, y Loris se dio la vuelta y empezó a ponerse los zapatos.

—Es hora de volver.

—Tal vez tengas razón.

Se acercó a la barra y pagó a la señora Lawson, añadiendo una generosa propina.

Después de ponerse los anoraks, salieron a la tarde fría y gris.

Aparte del viento que soplaba del oeste, estaba cayendo aguanieve.

Con la cabeza gacha, ambos caminaron los más rápidamente posible.

Empezó a llover con más fuerza, y a los pocos minutos ambos estaba calados hasta los huesos. A pesar de todos los problemas que los esperaban, cuando la casa apareció delante de ellos, Loris sintió alegría al ver las ventanas iluminadas.

Para evitar encontrarse con alguien, Loris decidió entrar por la puerta de atrás y utilizar las escaleras de servicio.

Tuvieron suerte y llegaron al primer piso sin ver a un alma. En la puerta de la habitación, se volvió a mirar al hombre que estaba a su lado.

—Nadie nos ha visto volver —dijo con alivio—, de modo que si te cambias enseguida...

—Estaba pensando en darme una buena ducha caliente —dijo él en tono lastimero.

—¿Pero es que no lo ves? Aún hay una oportunidad...

—¿Para qué?

—Para marcharte, por supuesto —añadió en tono urgente—. Sal por donde hemos entrado y cuando tengas tu coche gira a la izquierda y toma el camino que va por detrás...

—¿Y dejarte afrontar las consecuencias tú sola?

—Es lo que quiero hacer. No será agradable, pero nadie me hará daño —le puso una mano en el brazo y lo zarandeó suavemente—. Vete ahora que tienes la oportunidad. Si te quedas, será peor para mí.

—Eso es una cuestión de opinión.

—Es un hecho —le susurró con impaciencia—. Tu presencia enfadará sin duda a Mark... Oh, por favor, Jonathan. Vete.

—Estamos en esto juntos, y solo me marcharé si tú te vienes conmigo.

Aunque se sintió tentada, sacudió la cabeza.

—¿De qué serviría eso?

—Exactamente. No tiene sentido que ninguno de los dos salga huyendo. Lo mejor sería tener un enfrentamiento para que todo terminara de una vez por todas.

Casi parecía estar deseando que eso ocurriera.

Abrió la puerta de su dormitorio y la empujó dentro.

–¿Por qué no vas y te quitas esa ropa mojada antes de pillar un resfriado?

Loris aceptó que no iba a convencerlo, de modo que entró en el cuarto de baño y se desnudó.

Después de secarse, se visitó con una falda gris y una camisa de lana color lila; se cepilló el cabello y se maquilló un poco.

Cuando salió al pasillo, Jonathan estaba allí paseándose. Tenía el cabello seco y bien peinado, y llevaba unos pantalones de confección y un suéter polo negro que le daba un aspecto tanto atractivo como peligroso.

Con un brillo divertido en la mirada, Jonathan estaba silbando por lo bajo el tema principal de una película antigua muy conocida.

–Ese sentido del humor te acarreará problemas algún día –comentó algo molesta.

Él sonrió, mostrando su dentadura blanca y brillante.

–¿Ah, entonces te gustan las películas antiguas?

–Mejor que muchas de las modernas –respondió, sin poder resistirse a su encanto.

–¿Recuerdas... ?

Y charlando de sus películas favoritas en blanco y negro, bajaron tranquilamente las escaleras.

Iban cruzando el espacioso vestíbulo cuando se abrió la puerta de la biblioteca y Mark les salió al paso. Su tensa expresión se trasformó en un gesto mezcla de fastidio y alivio al ver a Loris.

–¿Dónde demonios has estado? Tu madre dijo que habías salido a dar un paseo esta mañana.

–Sí, eso es –dijo, sorprendida de que no le temblara la voz.

–Has estado fuera tanto tiempo que estaba empezando a pensar que tal vez hubieras vuelto a la ciudad.

–Nos paramos a tomar un café –dijo Jonathan tranquilamente–, y cuando empezó a llover convencí a Loris para que nos quedáramos a comer en el pub.

Mark volvió la cabeza y miró con rabia al joven

–¿Qué demonios está tramando, Drummond?

En ese momento, la señora Delacost bajó por las escaleras con un paquete en la mano. Miró con curiosidad al pequeño grupo y se dirigió a Loris.

–Me pregunto si sabes por casualidad dónde está sir Peter. Tengo unas fotos que tomé en Montecarlo y que le prometí enseñarle.

–Me temo que no...

–Acabo de hablar con él hace un momento –dijo Mark, esbozando una de sus encantadoras sonrisas–. Llamó para disculparse por dejar a sus invitados durante tantas horas, pero desgraciadamente se ha retrasado por culpa de un pequeño accidente.

–¡Oh, Dios mío! Espero que no haya sufrido ningún daño.

–Me alegra decir que no. Él y su administrador volvían de comprobar los daños causados por la tormenta cuando un pequeño puente de madera que estaban cruzando se vino abajo, y el Land Rover terminó en el riachuelo. Afortunadamente, solo había unos centímetros de profundidad, de modo que ninguno de los dos corrió verdadero peligro. En este momento están intentando remolcar el Land Rover con la ayuda de un tractor.

–Oh, cuánto lo siento. ¡Pobre sir Peter! Qué cosa más tremenda, y justo cuando...

Mark la interrumpió.

–Como nuestra anfitriona está tumbada por culpa de una terrible jaqueca, me pregunto si sería tan amable de comunicarles a los demás invitados lo ocurrido y trasmitirles las sinceras disculpas de sir Peter.

–Oh, desde luego.

Aparentemente complacida de que le hubieran encomendado una tarea tan importante, la mujer se apresuró hacia el salón.

Al ver que Mark estaba a punto de volver al ataque, Loris sugirió con urgencia:

–Si está libre la biblioteca, ¿por qué no entramos ahí? Será mejor que estar de pie en el hall.

La biblioteca era una pieza bonita y espaciosa, con

una mesa de billar en un extremo y un tresillo de cuero situado delante de una chimenea donde ardía un grueso tronco.

Nada más cerrar la puerta, Mark dijo bruscamente:

–Le he preguntado qué demonios está tramando.

–¿Tramando? –Jonathan repitió pausadamente–. Me temo que no le entiendo.

–No se haga el inocente conmigo. Primero tiene la osadía de sacar a Loris a bailar, y después se toma la molestia de traerla hasta aquí.

–Bueno, si no recuerda mal, usted estaba ocupado con otras cosas.

–¿Qué diablos sabe usted de eso?

–Por casualidad lo vi abandonando el hotel en compañía de otra mujer –contestó despreocupado.

–Eso no es asunto suyo.

–Decidí hacerlo asunto mío cuando vi a su prometida abandonada bajo la lluvia.

–¿Entonces se convirtió en sir Galahad? –se burló Mark.

–Si no recuerdo mal, Galahad era un caballero de pureza inmaculada, así que me temo que la comparación no es adecuada a la vista de...

Aterrorizada al pensar en lo que podía añadir a continuación, Loris lo interrumpió apresuradamente.

–Jonathan se ofreció a traerme a casa al ver que no había taxis disponibles.

–¿No me digas? –comentó con ironía.

–Me parece que tú llevaste a Pamela a casa por la misma razón.

Momentáneamente desconcertado, Mark decidió ignorar eso y continuar presionándola.

–Pero en lugar de llevarte a casa, Drummond te trajo hasta Monkswood, sin duda esperando poder quedarse a dormir.

–No podía volver a casa porque le he prestado mi apartamento a Judy y a su esposo para el fin de semana, de modo que le pedí que me trajera hasta aquí.

–Bien, pues parece que ha aprovechado la oportunidad al máximo.

–Hacía tan mal tiempo que le pedí que se quedara a pasar la noche.

Mark gruñó con fastidio.

–Bueno, puesto que ya es por la tarde, ¿qué está haciendo aquí?

–Mamá lo invitó a quedarse el fin de semana.

–¿Si no pensaba quedarse, cómo es que ha traído ropa?

–No ha...

–Isobel fue tan amable de prestarme algo de ropa de su hijastro –terminó de decir con tranquilidad.

Loris estuvo segura de que había utilizado el nombre de pila de su madre para fastidiar al otro. Y desde luego parecía que lo había conseguido.

–Es usted sin duda muy presuntuoso –le espetó Mark, rojo de rabia–. ¿Quién demonios le ha dado permiso para llamarla Isobel?

–Ella misma me lo pidió.

–Sin duda porque pensó que era «alguien». ¿Cuántas mentiras le contó?

–Ninguna –Jonathan reconoció con un brillo en los ojos–. Aunque tal vez la indujera a algún error.

–Estoy seguro de ello. Bueno, pues métase en la cabeza que usted no pertenece a este ambiente. No es de nuestra clase, y nunca lo será.

–Creo que puedo soportarlo.

–¡Maldita arrogancia la suya! Créame, Drummond, está abusando de nuestra hospitalidad. Puede marcharse en cuanto le parezca –vociferó.

–Me marcharé encantado cuando mi anfitriona me diga que no soy bienvenido en su casa.

–Ya he tenido bastante de su insolencia –dijo Mark echando chispas–. ¡Salga de aquí ahora mismo! ¡Inmediatamente!

Jonathan no se movió, negándose a que Mark lo intimidara.

–Qué extraño... –murmuró–. Ha debido de escapárseme algo. Sabe, no me había dado cuenta de que esta fuera su casa...

Mark le enseñó los dientes y gritó sin miramientos:

–Se cree muy listo, pero si no sale por su propio pie, yo mismo haré que lo echen.

–¿Entonces no cree ser lo suficientemente fuerte para hacerlo personalmente?

–Más que suficiente, y créame que me complacerá enormemente.

–¡No! –gritó Loris al ver que Mark avanzaba hacia el otro hombre con aire amenazador–. Esta no es tu casa y no tienes derecho a echar a nadie de aquí.

–A intentar echar –la corrigió Jonathan.

–Me lo está pidiendo –lo amenazó Mark.

–Déjalo, Mark –Loris le advirtió en tono furioso–. Sabes tan bien como yo que mi padre no querrá que haya ningún lío, sobre todo habiendo invitados en casa.

–¿De modo que sientes la necesidad de proteger a tu sir Galahad? –se burló Mark–. Estoy seguro de que estará encantado de esconderse tras las faldas de una mujer... ¿Verdad, Drummond?

–En absoluto. Soy muy capaz de resolver mis propios asuntos.

–¿Entonces por qué no me responde?

–En primer lugar, porque es usted más alto y pesa más que yo; en segundo lugar porque no estoy en mi casa; y en tercer lugar, porque no quiero tener que hacerle daño.

Tremendamente enfurecido, Mark se lanzó hacia él.

Jonathan lo esquivó y, utilizando el peso y la fuerza de su oponente en ventaja propia, ejecutó una llave de yudo.

Mark cayó con todo su peso sobre la alfombra y, medio sin aliento, se quedó tumbado durante unos segundos antes de ponerse de pie con dificultad.

–¡Caramba, si será... ! –apretó el puño y balanceó el brazo, dispuesto a darle un puñetazo al otro.

–¡Basta ya los dos! ¿Cómo podéis comportaros así cuando en cualquier momento podría entrar algún invitado?

Aún algo aturdido, Mark se tambaleó un poco; ella lo agarró del brazo y lo sentó en la silla más cercana. Entonces, temblándole las piernas, se sentó en la silla de enfrente y miró muy enfadada a Jonathan, que estaba apoyado tan tranquilo contra la repisa de la chimenea. Entonces levantó la mano, fingiendo que se rendía.

–Lo siento.

–Deberías sentirlo. Tú tienes tanta culpa como él.

–¿Quieres decir que debería haber dejado que me echara?

–No quiero decir nada de eso. Pero sabes muy bien que lo provocaste deliberadamente.

–¿Y hubieras preferido que me doblegara ante él?

–No, claro que no. Pero habría preferido que hubieras sido algo más... –vaciló, intentando dar con la palabra correcta.

–¿Conciliador? –sugirió él.

–Razonable.

–¿De verdad crees que si hubiera sido «algo más razonable» todo habría sido diferente?

Loris suspiró y reconoció para sus adentros que no lo creía así. Mark se había mostrado agresivo desde un principio. Si Jonathan no le hubiera plantado cara, Mark se lo habría tomado como una señal de debilidad. Al menos ya, tal y como era Mark, respetaría a su adversario...

Pero parecía que, después de todo, Loris no conocía demasiado bien a su prometido.

–Maldito sea, Drummond –dijo Mark entre dientes–. Tal vez piense que ha ganado, pero está loco si cree que voy a dejar que alguien como usted me pisotee. Yo dirijo BLC, y usted no es más que un auxiliar de oficina de nada...

–Oh, soy algo más que eso –dijo Jonathan en tono suave.

–Bueno, sea quien sea, no durará mucho en la empresa.

–Si eso es una amenaza...

Mark sonrió enseñándole los dientes.

–Desde luego que lo es. No se equivoque, Drummond. Está condenado desde este mismo momento.

A Loris se le hizo un nudo en el estómago. Mark había reaccionado tal y como ella se había temido desde el principio... Y eso que aún no se había enterado de lo peor.

–Como Cosby's es ahora dueña de BLC, dudo que pueda librarse de mí sin la aprobación del consejo.

–Conseguiré su conformidad, por mucho que me cueste.

–Los gustos personales no figuran en su política. Tendrá que presentar una buena razón para querer despedirme.

–No se preocupe, la encontraré. Y si no puedo encontrarla, me la inventaré.

–Me di cuenta de lo bien que se le da inventar historias cuando Isobel nos dio su versión de por qué llevó a Pamela Gresham a casa.

Al ver que Mark estaba a punto de explotar, Loris aspiró hondo y decidió tomar la iniciativa. Se inclinó hacia delante y se dirigió a Mark.

–¿Aún quieres casarte conmigo?

–¿Cómo? –preguntó Mark con sorpresa.

Loris centró toda su atención en Mark, olvidándose del hombre que los observaba en silencio.

–Te he preguntado si aún quieres casarte conmigo –repitió.

–Por supuesto que quiero casarme contigo. Sabes que estoy loco por ti.

–A la vista de lo ocurrido, pensé que tal vez podrías haber cambiado de opinión.

–Si te refieres a Pamela, antes de que empieces a acusarme de nada, le dije a tu madre que...

–Tal vez ella crea esa absurda historia de que la llevaste a casa porque estaba enferma, pero después de lo que dijiste antes, yo no la creo.

Mark se pasó nerviosamente la mano por la brillante mata de cabello negro.

—Escucha, Loris, solo dije lo que dije para ponerte celosa. Debes saber que no tenía intención de llegar hasta el final.

Loris ignoró su bravata.

—¿La llevaste a tu apartamento? —le preguntó.

—No. Como he dicho, la llevé al suyo.

—Y te quedaste.

—No, no me quedé... —pero no pudo mirarla a los ojos.

—Vamos, Mark —insistió con firmeza.

—Bueno, solo a tomar un café.

—No me tomes por tonta, Mark —le advirtió en tono seco.

—De acuerdo, me quedé —confesó Mark con expresión seria—. Pero es culpa tuya. Tú me empujaste a hacerlo. Un hombre tiene sus necesidades...

—¿Y una mujer?

—Pero tú... —empezó a decir Mark, totalmente desconcertado.

—Estoy hablando en general. Si los hombres tienen sus necesidades, ¿no crees que también las mujeres las tienen?

—Sí, supongo que sí —reconoció de mala gana.

—¿Solo lo supones?

—Muy bien, sí que las tienen. Pero para un hombre es distinto.

—¿De qué manera?

—Un hombre puede satisfacer esas necesidades y no tiene por qué significar nada.

—¿Pero una mujer no?

—Para las mujeres no es solo algo físico. Tiene que haber también algo emocional.

—¿Pamela está enamorada de ti?

—¿Qué? Por supuesto que no.

–¿Solamente le has gustado?

–Mira, Loris...

–¿Entonces puede ser puramente físico?

–De acuerdo, puede ser.

–Y si un hombre puede hacer el amor con una mujer sin que «signifique nada», y esperar que su pareja se lo perdone, entonces debes reconocer que lo contrario también es válido.

–De acuerdo, lo reconozco –dijo cansinamente–. Aunque no entiendo adónde quieres llegar.

–Estoy intentando echar por tierra eso de aplicar una ley para unos y otra para otros, a lo que con tanta frecuencia se aferran los hombres.

–Los hombres tienden a ser posesivos en relación a sus mujeres. Es natural.

–¿Pero te parece justo? En nuestro tiempo tenemos igualdad, ¿así que no crees que debería valer igual para los dos casos? Tú te acostaste con Pamela y esperas que te perdone, que continúe como si nada hubiera cambiado...

–Bueno, y no ha cambiado...

Ella lo interrumpió.

–¿Pero me perdonarías tú si te dijera que anoche me he acostado con Jonathan?

–¿Lo hiciste? –le preguntó con fingida seriedad, conociéndola demasiado como para alarmarse.

–Sí.

Capítulo 5

POR UN MOMENTO se quedó impresionado. Entonces debió decidir que Loris solo intentaba vengarse de él y la miró con divertida indulgencia.

–Lo digo muy en serio, Mark.

Aunque Mark dejó de sonreír, Loris estuvo segura de que no la creía.

No podía creer que lo hubiera rechazado durante tanto tiempo y después hubiera elegido irse a la cama con un hombre que acababa de conocer. Un hombre a quien con desprecio Mark había tachado de imbécil y a quien sin duda consideraba inferior.

Pero fingió tomárselo en serio.

–Entonces, como pensaste que me había acostado con otra persona, ¿decidiste hacer lo mismo?

–No decidí hacer nada. Simplemente ocurrió. Se quedó en tu habitación... yo le llevé una máquina de afeitar de Simon y...

–Entonces supongo que él se insinuó y tú no pudiste resistirte a sus encantos masculinos, ¿verdad?

Loris ignoró el sarcasmo.

–Algo así –reconoció en voz baja.

Muy bien –dijo Mark magnánimamente–. Te perdono. Olvidémonos de toda esta historia. Nunca volveremos a mencionarla.

–¿Y sigues queriendo casarte conmigo?

–Sí, sigo queriendo casarme contigo, pero creo que tendría más sentido si pusiéramos fecha. Como no estamos planeando una boda por todo lo alto, en lugar de esperar hasta junio prefiero que nos casemos lo antes posible.

Loris se quedó pensativa un momento.

—Accederé con dos condiciones —dijo.

—¿Cuáles son?

—La primera es que me gustaría seguir trabajando...
—al ver la cara que ponía, decidió especificar—. Al menos hasta el momento en que habíamos fijado para casarnos.

—De acuerdo —accedió con renuencia—. ¿Cuál es la segunda condición?

—Quiero que me prometas que, pase lo que pase, no harás nada para perjudicar a Jonathan.

—Pareces muy interesada en protegerlo.

—Por favor, Mark.

—Muy bien, pero quiero que tú me prometas que no volverás a verlo, ni tendrás nada que ver con él de aquí en adelante.

—Te lo prometo, si tú me aseguras que tampoco volverás a tener relación alguna con Pamela, ni con ninguna otra mujer.

Él asintió y se ruborizó ligeramente.

—Te doy mi palabra de que no lo haré.

Él le sonrió con timidez y Loris le devolvió la sonrisa, convencida de que lo decía de corazón.

Entonces Mark se volvió hacia Jonathan, que seguía apoyado contra la repisa de la chimenea, y le dijo en tono seco:

—Y de aquí en adelante, será mejor que no se interponga en mi camino. De hecho, no estaría de más si pidiera que lo trasfirieran a Estados Unidos... ¿Y qué le parece si se marcha ahora? —añadió Mark cuando su adversario no dijo nada.

—Me iré cuando Loris me lo pida —contestó Jonathan con calma.

En ese momento se abrió la puerta de la biblioteca y entró Peter Bergman. Iba vestido con un elegante traje de tweed, y tenía el cabello canoso brillante y bien peinado, aunque aún algo húmedo de la ducha.

—¡Vaya día! Hace un tiempo de perros y llevo fuera

desde después del desayuno –entonces se dirigió a Mark–. Es una pena que no estuvieras conmigo. Reynolds no es de gran ayuda en momento difíciles, y no me habría venido mal que hubieras estado conmigo para echarme una mano.

–Siento no haber estado aquí a tiempo.

Peter frunció el ceño.

–Pero yo pensé... ¿No viniste anoche?

–No, tuve que quedarme. He llegado hace un par de horas.

Peter fijó sus fríos ojos azules en su hija y le preguntó:

–¿Entonces cómo llegaste tú aquí?

Antes de que ella pudiera contestar, Jonathan respondió con ecuanimidad:

–Yo traje a Loris hasta aquí.

Como si acabara de darse cuenta de la presencia del otro, Peter dijo:

–Tu cara me suena. Estás en Cosby's, ¿verdad? ¿El secretario personal de William Grant, tal vez?

–Eso es.

–Me temo que no recuerdo tu nombre.

–Drummond. Jonathan Drummond.

En respuesta a la mirada de su padre, Loris le explicó:

–Hacía tan mal tiempo que le pedí a Jonathan que se quedara a pasar la noche.

–¿En qué habitación le pusiste?

Podría haber sido una pregunta sin importancia, pero Loris sabía que no.

–En la de Mark.

Peter se volvió a mirar a Jonathan con cara de pocos amigos.

Teniendo en cuenta que ya tenía a dos personas en contra, y no fiándose del todo de que la promesa de Mark fuera a evitarle problemas, Loris intervino apresuradamente.

–Mamá le pidió a Jonathan esta mañana que se quedara todo el fin de semana, pero desgraciadamente él no puede.

De modo que se puso de pie y, volviéndose hacia Jonathan, le dijo con formalidad:

–Gracias por traerme. Sé que preferirás ponerte en camino antes de que oscurezca... –tras los cristales de las ventanas se veían unos negros nubarrones–. De modo que espero que tengas buen viaje.

–¿No habías pensado volver conmigo?

–No –tragó saliva y le tendió la mano.

–¿Estás segura de que has tomado la decisión correcta? –le preguntó en voz baja.

Ella sabía que estaba refiriéndose a otras cosas distintas a volver con él a Londres, de modo que lo miró a los ojos sin pestañear.

–Bastante segura –respondió.

–Entonces haz el favor de darle las gracias a tu madre, y dile que me disculpe por marcharme sin despedirme.

De pronto se dio cuenta de que él seguía agarrándole la mano y la retiró bruscamente.

–Adiós.

–*Au revoir*.

Miró a sir Peter y a Mark y se despidió de ellos con un gesto de la cabeza. Momentos después, la puerta se cerró suavemente a sus espaldas.

Loris se quedó mirando la puerta cerrada, sabiendo que jamás volvería a verlo, y experimentó una sensación de arrepentimiento, un sentimiento de pérdida que fue casi como un dolor físico.

Pero no podía permitirse a sí misma sentir algo así por una persona que era casi un extraño, por un hombre del que apenas sabía nada.

Había optado por quedarse con Mark, por vivir el futuro que había elegido, y mientras su padre no lo estropeara todo, se consideraría afortunada.

Aspiró profundamente y se volvió hacia su padre.

Estaba de pie de espaldas a la chimenea, y parecía un perro rabioso.

—Me sorprende que, siendo un hombre de su posición, Drummond se muestre tan seguro de sí mismo.

Loris miró a Mark con incertidumbre, sabiendo que añadiría su condena a la de su padre. Se sorprendió mucho cuando él no dijo nada, hasta que se dio cuenta de que en realidad no querría quedar mal mencionando su propia humillación.

—No sé en qué diablos estaría pensando Isobel cuando invitó a una persona como él a quedarse.

Como nadie hizo ningún comentario, Peter le preguntó a su hija.

—¿Hace cuánto que lo conoces?

—Lo conocí anoche.

No fue en absoluto la respuesta que había esperado, y no pudo evitar ocultar su sorpresa.

—¿En la fiesta?

—Sí.

—¿Sabías que solo era un empleado?

—Sí, me lo dijo Mark.

—¿Cómo lo conociste?

—Me sacó a bailar.

—Qué frescura. ¿Por qué aceptaste?

—¿Por qué no iba a hacerlo? Mark estaba bailando con Pamela Gresham.

Peter había visto a Mark y a su acompañante enroscados como una serpiente.

—¿Y entonces qué? ¿Te agobió Drummond?

—Desde luego que no. Cuando terminó el baile me dio las buenas noches y se marchó.

Consciente de que la mención de la rubia había incomodado a su prometido, y recordando cómo había intentado intimidar a Jonathan, Loris añadió con un toque de malicia:

—No habría vuelto a verlo si Mark no hubiera tenido que hacer su buena obra de la noche...

—¿Buena obra? ¿Qué buena obra?

Mark, que tal vez hizo demasiado hincapié en resultar convincente, le contó lo mismo que le había dicho a Isobel.

–Era la hija de Alan Gresham... de pronto se sintió indispuesta... No había taxis disponibles en ese momento, de modo que me ofrecí para llevarla a casa. Desgraciadamente, no fui capaz de encontrar a Loris para decírselo.

–Después de marcharse –Loris continuó explicando–, Jonathan me vio de pie bajo la lluvia y se ofreció a traerme.

Conociendo a su futuro yerno, Peter, que no era ningún imbécil y leyó entre líneas, decidió abandonar el tema. Él y Mark, que tenían la misma actitud hacia las mujeres, compartían una relación de hombre a hombre.

Añadió un par de troncos al fuego y empezó a hablar con Mark de trabajo.

Al ver a los dos hombres, Loris agradeció que, a pesar de haber hecho el ridículo completamente y merecido pagar por ello, parecía haber salido airosa de la situación y ella y Mark volvían a estar bien.

Solo le quedaba olvidarse de Jonathan y su breve intrusión en su vida.

Esperaba que tuviera el sentido común de regresar a Estados Unidos. Aunque Mark había dado su palabra de que no lo acosaría, los dos hombres se eran tan antipáticos que si volvían a encontrarse sin duda pelearían. Y la próxima vez Jonathan saldría peor parado.

No volvería a pensar en Jonathan.

Pero después de decidir eso, y a pesar de todos sus esfuerzos, se pasó el resto de la tarde y durante la cena pensando solo en él.

Cuando terminó la cena, los hombres se fueron a jugar al billar y en lugar de unirse a las señoras para charlar y tomar café, Loris sacó un libro de la estantería y se sentó junto a la chimenea de la biblioteca.

Aunque era bueno, no logró centrarse en la historia y, pasado un rato, el suave repique de las bolas del billar le resultó soporífero, y poco a poco se le fueron cerrando los ojos.

Medio dormida, medio despierta, sus pensamientos volvieron de nuevo a Jonathan.

No solo era su físico lo que la complacía y atraía, era también el hombre en sí. Su fuerza serena, su seguridad, su sentido del humor y su ternura.

Recordó la noche que había pasado entre sus brazos, cómo su generosidad y el placer que habían compartido la había llevado a las cimas más altas del deleite, la facilidad con que su dulzura y pasión habían provocado una respuesta similar en ella.

La había librado del miedo y devuelto la fe en sí misma como mujer. Le había hecho un valioso regalo por el cual le estaría agradecida toda la vida...

–Pareces lista para subir a dormir –la voz de Mark interrumpió sus pensamientos.

Levantó la cabeza y vio que la partida de billar había terminado y que los hombres se agrupaban alrededor de un pequeño bar, donde estaban sirviéndose algo de beber.

–Lo estoy –contestó, y se puso de pie.

–Te acompañaré.

–¿No te tomas una copa con los demás? –le preguntó, sabiendo que normalmente tomaba un whisky con soda.

–No me apetece. Has estado muy callada toda la noche –comentó mientras subían las escaleras–. ¿Estás bien? –añadió con cierta inquietud.

Mark no era de los que solía hacer ese tipo de preguntas y su interés la conmovió.

–Bien, solo un poco cansada.

Al llegar a la puerta de su habitación, Mark la miró y le preguntó:

–¿Puedo entrar? ¿O solo has dicho que estabas cansada para prevenirme de algo?

–No, no lo he dicho por eso. Resulta que es verdad.

–¿Entonces puedo pasar o no?

Loris tenía la intención de decir que sí pero hizo lo contrario.

–Preferiría que no pasaras.

–Maldita sea, Loris, vamos a casarnos en cuanto podamos organizarlo. Cualquiera pensaría que no quieres que haga el amor contigo...

¿Cómo podía dejar que un hombre le hiciera el amor cuando no podía dejar de pensar en otro?

–Esperaba que esta noche me dijeras que sí.

–Lo siento Mark. No puedo.

Él percibió su desesperación y, con aspecto ligeramente avergonzado, dijo:

–Ya... entiendo. Creo que tal vez me tome esa copa, después de todo.

La besó totalmente falto de pasión y bajó de nuevo las escaleras.

En lugar de sentirse culpable por haberle hecho creer que estaba en esos días especiales del mes, solo pudo sentir un gran alivio y se preparó para meterse en la cama.

Pero no podía continuar así, se reprendió para sus adentros. Debía olvidarse totalmente de Jonathan antes de que sus pensamientos comprometieran el futuro con Mark.

En los días que siguieron, Loris se dio cuenta de que era más fácil decirlo que hacerlo. Aunque desde que había vuelto a Londres había hecho un esfuerzo tremendo para no pensar en Jonathan, cada vez que bajaba la guardia y se relajaba, su recuerdo afloraba y dominaba sus pensamientos.

El jueves, hizo una visita a un cliente que vivía en una casa baja no lejos de Piccadilly. Aturdida por su falta de concentración, decidió almorzar antes de su cita a media tarde en Bayswater.

Después de varios días de cielos nublados y lloviznas, llovía de nuevo con fuerza mientras Loris se apresuraba por Shear Lane. Cerró el paraguas, bajó apresuradamente las escaleras y cruzó la puerta de Il Lupo.

–*Buon giorno* –la saludó el sonriente dueño ataviado

con su mandil blanco, que le colgó la gabardina y le colocó el paraguas en un paragüero antes de conducirla a una pequeña mesa que había en un hueco.

Estaba mirando distraídamente el menú, recordando el delicioso asado de pollo y pasta que había compartido con Jonathan, cuando, como si sus pensamientos le hubieran invocado, una voz conocida dijo:

–¡Hola! Decidí venir a almorzar aquí con la esperanza de verte.

Vestido con un traje sastre color gris y camisa y corbata a juego, Jonathan le sonreía de pie junto a su mesa.

Cuando lo miró boquiabierta, él le preguntó:

–¿Te importa que me siente contigo?

Jonathan pareció tomar su silencio por asentimiento y se sentó frente a ella.

–No –le rogó–, por favor, no. Le prometí a Mark que no volvería a verte.

–Bueno, yo no le prometí tal cosa –respondió con un brillo en los ojos–. De modo que puedes echarme la culpa a mí.

Viendo el humor del que estaba, Loris pensó en levantarse y marcharse. Pero lo cierto era que no tenía ninguna gana de hacerlo.

–Si Mark se entera, se enfadará... Preferiría que te marcharas.

–¿Marcharme? Pero si acabo de llegar. Aún no he almorzado.

–¿Entonces, por qué no te sientas a otra mesa? Hay sitio de sobra.

–Si se enterase de que estamos los dos en el mismo restaurante, ¿crees de verdad que se enfadaría menos solo porque yo estuviera sentado a otra mesa?

Loris entendió que tenía razón.

–No. Por eso preferiría que te marcharas. No es seguro.

Bajó la voz en plan Humphrey Bogart, se inclinó hacia ella y le preguntó sin mover los labios:

–¿Ha ordenado seguirte, muñeca?

–Por supuesto que no ha ordenado seguirme –contestó, ahogando una sonrisa.

–¿Entonces cómo se va a enterar? ¿O acaso te sientes obligada a contárselo?

–No, no me siento obligada a decírselo, pero no quiero que me remuerda más la conciencia.

–Podría ser ya demasiado tarde –dijo Jonathan con dramatismo–. La oficina solo está a unas cuantas manzanas. A lo mejor en este mismo momento viene de camino a Il Lupo.

–¡Estás de broma! Mark come en el Ritz. No se dejaría ver por un sitio así ni muerto.

–¿Bueno, entonces si crees que no es probable que entre, por qué estás tan nerviosa? Veo que aún no has pedido –añadió al ver el menú abierto.

–No –reconoció, rendida.

–¿Entonces, me permites sugerirte el *farsumagru*? He visto que está en la especialidad del día. Si es tan bueno como el que solía comer en Cerdeña, creo que te gustará.

–¿Qué es exactamente?

–Una especie de rollo de carne relleno de huevos, queso y hierbas.

Loris asintió, y cuando el camarero se acercó a tomarles nota, Jonathan pidió *farsumagru* para los dos y una jarra de vino tinto.

Loris, que creyó conveniente no hablar de asuntos personales, había notado su mención de Cerdeña, y aprovechó para preguntarle sobre ese viaje.

–¿Eres un viajero nato? ¿Aún tienes ganas de viajar?

–Me gusta hacer algún que otro viaje, pero en general soy más casero que viajero –dijo–. Como dice que la conciencia nos hace cobardes, también el amor no correspondido nos hace viajeros. Supongo que será por la necesidad de intentar escapar al dolor.

–¿No correspondido? –repitió.

Él se encogió de hombros.

–No era lo suficientemente bueno para ella... Pero eso pasó hace ya mucho tiempo.

Al recordar que Jonathan era un amante habilidoso y experimentado, sintió calor por todo el cuerpo y se estremeció. Debía de haber habido muchas mujeres en su vida. ¿O tal vez solo una mujer especial?

–¿Entonces estás casado ahora? –le preguntó Loris, aunque sabía que no debía.

–No.

–¿Y no planeas hacerlo?

–Oh, sí, tengo planes... Pero me está costando sacarlos adelante –añadió. Desgraciadamente, la mujer de mis sueños, la mujer con la que espero casarme, está de momento con otra persona.

Ella esperó a ver si él le daba más detalles. Pero en lugar de eso, él le preguntó:

–¿Todavía sigue en pie tu boda?

–Por supuesto que sí.

–Esperaba que cambiaras de opinión. Longton no es el hombre para ti. No te conoce. Y es demasiado egoísta para entender, menos aún satisfacer, tus necesidades...

–¿Qué te hace pensar eso? –la interrumpió, fastidiada por lo que él le estaba diciendo–. Mark y yo nos conocemos desde hace meses. Eres tú el que no me conoce.

Él la miró fijamente.

–Yo diría que en un sentido te conozco mejor que él –objetó.

Loris bajó la vista y sintió que se ruborizaba.

–A no ser que, después de haberse disipado tus dudas sobre la posibilidad de ser frígida, hayas pasado los dos o tres últimos días en la cama con él. ¿Lo has hecho, Loris?

Ella pensó no contestar, pero las palabras le salieron sin poder evitarlas.

–No, no lo he hecho.

Loris percibió su leve suspiro de alivio.

–Pero no te equivoques –añadió con firmeza–. Voy a casarme con él.

Se produjo una breve pausa.

–¿Entonces, cuando se va a celebrar la boda? –preguntó, como si aceptara lo inevitable.

–Dentro de una semana –le anunció desapasionadamente.

–¿Tan pronto? –él frunció el ceño–.¿Será una boda religiosa?

Ella sacudió la cabeza.

–No, en el juzgado. Mamá está muy decepcionada, pero como está divorciado, Mark quiere que todo se haga con mucha discreción.

Jonathan arqueó las bien marcadas cejas.

–¿Tampoco habrá luna de miel?

–No. Al menos hasta el verano.

–¿Qué vas a hacer con tu trabajo?

–Trabajar hasta unos días antes de la boda.

–¿Y después?

–Continuaré hasta junio, como Mark y yo quedamos.

–Creí que ya habría conseguido convencerte.

–Lo ha intentado –reconoció–. Pero cuando nos casemos quiere vivir en la casa que le regalaron sus padres; una casa con servicio y todo. No tengo ni idea de cómo voy a ocupar mi tiempo. Tal vez no sea tan aburrido cuando tenga hijos –añadió esperanzada.

–¿Entonces quieres tener hijos?

–Sí.

–¿Y Longton?

–Por supuesto.

–¿Cómo estás tan segura?

–Cuando le dije que quería tener niños, me dijo que él también.

–Eso me sorprende.

–¿Por qué iba a sorprenderte?

–Bueno, no muestra mucho interés por la que tiene –observó Jonathan en tono frío.

–¿Qué? –contestó, mirándolo sin comprender.

Jonathan repitió su observación.

–No se a qué te refieres. Él y su primera esposa no tuvieron hijos.

–Su esposa y él tal vez no tuvieran, pero desde luego su ex prometida sí que lo tiene...

Ella se quedó boquiabierta.

–¿Su ex prometida?

–La que tú suplantaste.

Ella respondió con certidumbre.

–Yo no suplanté a nadie. ¡Todo eso es una ridiculez! Mark no tenía ningún compromiso cuando lo conocí.

–¿Cómo lo sabes?

–Eso me dijo él.

–¿Y lo creíste?

–¿Por qué no iba a creerlo? No tenía nada que ocultar. Me contó lo de su divorcio...

–Eso se sabía, de modo que no tuvo más remedio que contártelo. ¿Pero a que no te contó por qué su esposa se divorció de él?

–Eran incompatibles. No podían vivir juntos.

–Tengo entendido que lo que ella no podía soportar en él era su inclinación por otras mujeres.

–Soy consciente de que a Mark le gustan las mujeres, pero eso le pasa a muchos hombres, y no quiere decir que vaya a hacer nada. También me doy cuenta de que las mujeres le encuentran atractivo a él.

–¿Y estás segura de que quieres vivir con eso?

–Tal vez no querría estar con un hombre al que otras mujeres ni se molestaran en mirar dos veces.

–Creo que su primera esposa no sentía lo mismo. Afortunadamente, o desafortunadamente, como quieras mirarlo, y posiblemente porque ella era su esposa, no se resignó a la idea de sus numerosos devaneos, como la mujer siguiente.

–No creo que tuviera «numerosos devaneos» mientras estuvo casado, y me dijo que no había tenido ninguna relación desde su divorcio hasta que me conoció a mí.

–¿Cuánto tiempo has dicho que lleváis prometidos? –Jonathan preguntó de pronto–. Tres meses, ¿verdad?

–Sí.

–Entonces, mientras él te estaba poniendo el anillo de compromiso, tu predecesora, a quien anteriormente había prometido matrimonio, estaba en una clínica privada esperando el nacimiento de su bebé.

–No, debes de estar equivocado –susurró Loris, horrorizada–. Cuando hemos hablado de niños, Mark jamás ha mencionado tener ninguno. Y no he oído ningún comentario...

–Ha conseguido mantenerlo todo en secreto. En realidad, dudo que nadie, incluido tu padre, tenga la más mínima idea.

Loris alzó la barbilla y lo miró a los ojos.

–Solo hace unas cuantas semanas que has vuelto de Estados Unidos, ¿así que cómo has podido enterarte de todo esto?

–Por razones que preferiría no tratar de momento, no querría delatar mi fuente. Sin embargo, te aseguro que es totalmente verdad.

–Lo siento –dijo rotundamente–. Pero no creo una palabra de todo eso. Mark tiene sus defectos, es arrogante, tiene mal genio y a veces puede ser muy insensible; pero no es de los que se comportaría de un modo tan cruel como tú intentas hacerme creer.

–Yo no estoy «haciéndote creer» nada. Simplemente te estoy presentando los hechos tal y como yo los sé.

–Bueno, estoy seguro de que te han informado mal. Y como no quieres decirme quién te dio esa información, continuaré contemplando toda esta historia como una invención total.

–Utiliza el sentido común, Loris. ¿Para qué iba nadie a inventarse una historia así?

–No puedo imaginármelo –dijo al momento–. A no ser que sea alguien que le guarda rencor a Mark, alguien que solo busca causarle problemas.

Loris recordó la animosidad que existía entre los dos hombres y dudó de la verdadera motivación de Jonathan.

–¿Por qué te has ocupado de decírmelo?

–Pensé que deberías saber de la existencia de esta otra mujer. Ella te conoce a ti... Oh, no, Longton no le dijo nada. Se enteró de vuestro compromiso en los periódicos. Debo decir que me sorprende que Longton accediera a publicarlo.

–Bueno, pues así fue. Ademas, si esta «otra mujer», como dices tú, sabe quién soy yo, ¿por qué no ha montado un escándalo?

–Tengo entendido que él le pasa una generosa asignación, pero con la condición de que mantenga la boca cerrada y se mantenga en un segundo plano. Por el bien de su hija, y porque, a pesar de todo, ella aún lo ama y vive con la esperanza de recuperarlo algún día, está dispuesta a soportarlo.

–¿Quieres decir que sigue viéndola?

–Oh, sí, va a verla un par de veces por semana.

–No lo creo. ¿Cómo iba a permitir ninguna mujer recibir un trato tan degradante?

–Porque, aunque él tuvo a otras mujeres mientras estuvieron juntos, le juró que no significaron nada para él, que era a ella a quien amaba, y ella es lo bastante tonta como para creerlo...

Desconcertada, Loris se quedó pensativa. ¿Y si la historia fuera cierta? Pero si lo era, y él sintiera algo por la madre de su hija, sin duda se habría casado con ella en lugar de prometerse en matrimonio a otra persona.

–¿Bien, si él tenía este bonito tinglado montado con una mujer que estaba dispuesta a aguantar sus devaneos, por qué pedirme a mí que me casara con él?

–Mi opinión, y no es más que mi opinión, es que te vio, te deseó y, por ser quién eres, y porque no fuiste fácil como las demás, decidió que tendría que casarse contigo para conseguir lo que quería. También, el estar casado con la hija de sir Peter Bergman le dará un cierto nivel, un prestigio añadido, además de mantener el negocio dentro de la familia.

El razonamiento de Jonathan era plausible y, azorada

a pesar de sí misma, Loris evitó mirar aquellos ojos verde pálido que veían demasiado.

—¿De verdad crees que te ama? —le preguntó, observando su rostro cabizbajo.

—Me dijo que así era.

—Me sorprende que sea capaz incluso de pronunciar la palabra —dijo Jonathan en tono mordaz—. Su amante puede intentar engañarse pensando que aún la quiere, aunque no sé cómo puede pensar eso después del modo en que la ha tratado, pero ese tipo de hombre es incapaz de amar a nadie que no sea él mismo.

Parecía hablar con tanta amargura, con tanta preocupación, que Loris se preguntó si esa mujer podría ser la persona con la que Jonathan soñaba con casarse. Aunque, si era cierto que llevaba tiempo saliendo con Mark, eso era poco probable.

—¿Y el niño? Dices que Mark tiene un niño, ¿verdad?

—Sí, es una niña. Una niña a la que casi ignora por completo.

Loris estaba espantada. Aunque no tuviera sentimientos por la madre, ¿cómo podía ignorar a su propia hija?

Jonathan pareció leerle el pensamiento.

—Antes de decidirte a seguir adelante con el enlace, tal vez harías bien en preguntarte a ti misma qué tipo de marido y de padre podría ser Mark... A no ser que tengas miedo de la respuesta, claro.

Su pregunta tuvo en ella el efecto suave y abrasivo de una piedra pómez, y entonces tuvo la completa seguridad de que, por la razón que fuera, Jonathan no quería que se casara con Mark.

Su anterior sospecha de que solo quería causar problemas volvió a plagar sus pensamientos.

—Has dicho que decidiste venir a comer aquí con la esperanza de verme...

Él la miró a la cara y esperó en silencio.

—¿Por qué? ¿Solo para contarme esta historia de que Mark tiene una amante y una hija de esa mujer?

–Lo dices en tono de acusación. ¿Habrías preferido continuar con los planes de boda sin saber nada?

Ella sacudió la cabeza.

–No, supongo que no.

Si eso era cierto, sin duda quería estar al corriente... Aunque estaba segura de que no era cierto, se recordó apresuradamente.

Pero, fuera o no cierto, adivinó que se lo había dicho de propósito, para echar tierra sobre Mark y estropearlo todo.

–Me imagino que este es tu modo de vengarte de Mark.

–Podrías decir eso –reconoció Jonathan–. Pero no por la razón que imaginas.

–Por la razón que sea, me parece despreciable que intentes envenenar la opinión que tengo de él.

Retiró la silla, se puso de pie y fue hacia la puerta. Agarró el impermeable, se lo puso como pudo y subió las escaleras corriendo hasta la calle.

La lluvia seguía cayendo de un cielo negro como la noche. El pavimento estaba mojado y brillante, y las alcantarillas rebosantes de agua.

Había caminado unos cuantos pasos cuando se dio cuenta de que no había pagado su parte de la cuenta. Vaciló y medio se volvió.

Pero entonces cambió de opinión, no queriendo enfrentarse a Jonathan de nuevo, y continuó andando. Que él pagara la factura. Para eso había desacreditado a Mark, la había disgustado a ella y había destruido el respeto que sentía hacia él.

Cosa rara, lo último fue lo que más le importó.

Capítulo 6

LORIS había llegado al otro extremo de Shear Lane y estaba a punto de cruzar la calle cuando Jonathan se plantó a su lado. Le tomó el paraguas con calma, la agarró por el codo y cruzó la calle con ella cuando se abrió el paso. Entonces retomó la conversación como si no se hubiera producido interrupción alguna.

—No estaba intentando envenenar la opinión que tengas de Mark, sino simplemente abrirte los ojos. Como te dije la noche que nos conocimos, Longton no es un tipo muy agradable.

—Y como yo te dije, eso depende de la opinión de cada persona. Al menos no hace las cosas a espaldas de los demás... y es lo suficientemente sincero como para reconocerlo cuando se equivoca.

—¿Tú dirías que es sincero ocultar el hecho de que tiene una amante y una hija?

Loris se soltó de él.

—Debes saber que no creo una palabra de todo eso —respondió en tono seco.

—Entonces cuando lo veas esta noche, intenta preguntárselo.

Pero cuando terminara la reunión de esa tarde, Mark tomaría un avión al continente en viaje de negocios. No volvería hasta el día siguiente por la noche. De pronto, Loris entendió que no podía esperar tanto tiempo.

Impaciente por saber la verdad, por oír a Mark rechazar la acusación de una vez por todas, tomó una decisión.

—Estamos bastante cerca de las oficinas, y Mark es-

tará a punto de volver de almorzar, si no ha vuelto ya.
¿Así que por qué no preguntarle ahora?

–¿Y por qué no? Y no te olvides de mirarlo a la cara
mientras se lo preguntas.

–El problema es que va a querer saber dónde me he
enterado de esta historia –señaló Loris.

–Díselo si quieres.

–No... no quiero decírselo. Solo causaría un montón
de problemas.

–¿Quieres decir que encontraría el modo de echarme?
Por eso no te preocupes.

–No quiero que pierdas tu empleo por mi culpa.

–Qué alentador –dijo irónicamente–. A juzgar por la
mirada que me has echado antes, cualquiera diría que
sientes lo contrario.

–¿Bueno, qué esperas? Has calumniado al hombre
que... –a punto de decir «amo», decidió cambiarlo–.
Con el que voy a casarme.

Jonathan se detuvo en seco y se volvió hacia ella. Sin
soltar el paraguas naranja con margaritas blancas, le
agarró de la barbilla y la obligó a mirarlo.

–En al menos una de esas cosas te equivocas, y espero que sea en las dos. Calumnia es un falso testimo-
nio, y todo lo que te he dicho es verdad. Aunque me dis-
gustan y no comulgo con los hombres como Longton,
no me ha producido placer alguno hacer lo que acabo
de hacer. Pero era necesario que tú lo supieras antes de
que fuera demasiado tarde.

En menos de un minuto habían llegado al elegante y
antiguo edificio que albergaba las oficinas de BLC, y
subieron las escaleras con un montón de gente que volvía de almorzar.

El despacho de Mark estaba en el piso superior,
junto al de su padre, y Loris iba a medio camino hacia
los ascensores cuando Jonathan la agarró del brazo.

–¿No te olvidas de algo?

–Por supuesto –añadió en tono ácido–. Lo siento

mucho –abrió la cremallera de su bolso–. Aún te debo mi parte del almuerzo.

–Eso no era lo que tenía en mente, la verdad –unos ojos verdes y luminosos la miraron con calma–. Una despedida civilizada habría sido agradable... –miró hacia el vestíbulo–. Pero ahora las circunstancias favorecen algo un poco más efusivo.

Antes de que adivinara siquiera su intención, la agarró por los codos, tiró de ella con delicadeza y le plantó un beso en los labios.

Cuando la soltó, Loris retrocedió un paso; entonces levantó la vista algo aturdida y vio a Mark paralizado a la entrada del vestíbulo, mirando hacia donde estaban ellos con rabia.

Por su expresión Loris entendió que había visto la escena, y entendió sin duda alguna que Jonathan lo había hecho precisamente por eso, para que lo viera.

En ese momento, un hombre que Loris reconoció como a William Grant, uno de los altos ejecutivos de Cosby's, pasó junto a ellos.

Al ver a Jonathan, se detuvo junto a ellos.

–Si tiene un momento, señor Drummond. Hay algo que quiero preguntarle antes de la reunión de esta tarde.

–Por supuesto. ¿Quiere subir a mi despacho? –sonrió a Loris–. *Au revoir*, señorita Bergman –añadió en tono afable.

Aún algo aturdida, Loris observó a los dos hombres avanzando hacia los ascensores.

Segundos después, con la cara roja de rabia, Mark estaba encima de ella. La agarró por la muñeca.

–Maldita sea, Loris, ¿estás intentando provocarme? –le dijo muy furioso.

–Por supuesto que no. Yo...

–Me prometiste que no volverías a ver a Drummond. Y de pronto te pillo besándolo, no solo en público, sino justo delante de mis narices. ¿A qué diablos estás jugando?

–¡Mark, suéltame la muñeca!

Él se la apretó aún más.

–Bien, contesta a mi pregunta de una vez.

–Suéltela –la voz de Jonathan, aunque comedida, tuvo el efecto de un latigazo.

–¡Caramba, usted... ! –exclamó Mark sorprendido.

–Haga lo que le digo, a no ser que quiera acabar de espaldas en el suelo con todo el mundo mirando.

Mark soltó a Loris y se volvió hacia su adversario; tenía los puños apretados de rabia.

–No sea loco, hombre –dijo Jonathan en el mismo tono comedido–. No hay razón para montar una escena.

–¿Qué pasa? ¿Tiene miedo? –lo provocó Mark.

–En absoluto –contestó Jonathan–. Pero no quiero verme implicado en un altercado si puedo evitarlo. Nunca me ha gustado la violencia. Sin embargo, si le vuelve a poner la mano encima a Loris, me veré tentado a olvidar mis escrúpulos y partirle el cuello. ¿Está claro? Ah, y como contestación a su pregunta, ella no estaba «jugando» a nada. Loris no me besó a mí; fui yo la que la besé a ella. No le di elección. De modo que si quiere pagarlo con alguien, hágalo conmigo.

Loris tuvo que reconocer para sus adentros que eso no era del todo cierto. Podría haberse apartado, o haberle dado una bofetada. Pero no lo había hecho. Como si la hubiera hechizado, Loris se había quedado allí embobada y se había dejado besar. Incluso había disfrutado de ello.

–Bueno, ahora si me excusan –continuó diciendo Jonathan–, William Grant me está esperando –volvió la cabeza–; pero no olvide lo que he dicho.

Mark enseñó sus dientes grandes y fuertes.

–Será arrogante ese mequetrefe...

–Por favor, Mark... –lo interrumpió Loris con desesperación–, subamos a tu despacho. No podemos hablar aquí de pie en el vestíbulo.

El enorme despacho de Mark estaba lujosamente amueblado, con una mesa imponente y un bar empotrado en la pared.

Llegado ese momento Loris estaba muy nerviosa. Dejó su bolso, se quitó el impermeable y se dejó caer sobre un de las enormes butacas de cuero. Mark, tal vez porque le diera sensación de autoridad, se sentó a su escritorio.

—Será mejor que me cuentes por qué rompiste tu promesa de no volver a ver a Drummond.

—Yo no rompí mi promesa —contestó con más calma de la que en realidad sentía.

—¿Entonces qué estabais haciendo los dos juntos?

—Decidí almorzar antes de ir a mi siguiente cita. Estaba ojeando el menú cuando él apareció de pronto y se sentó a mi mesa.

—¿De todos los restaurantes que hay en Londres, se le ocurrió elegir el mismo que tú? ¡Qué notable coincidencia! —exclamó Mark con incredulidad.

—No fue exactamente una coincidencia —reconoció—. Cuando estuvo en Monkswood le mencioné que cuando estaba por el centro solía almorzar en Il Lupo porque es un sitio bueno y barato... Y, por supuesto, está muy cerca de aquí.

—¿Entonces el fue allí a propósito, esperando verte?

Loris mintió, tratando instintivamente de defender a Jonathan.

—No sé si fue a propósito o no. Tal vez el encuentro fuera casual...

—¿Entonces después de compartir un agradable y acogedor almuerzo, no soportaste la idea de dejarlo?

—No... yo salí primero del restaurante. Estaba esperando cruzar Shear Lane cuando él me alcanzó e hicimos el resto del trayecto juntos hasta aquí.

—¿Y por qué viniste aquí, en lugar de ir a tu cita siguiente?

—Quería verte. Necesito hablar contigo.

—¿Y eso no podría haber esperado hasta mañana por la noche?

—No, imposible —dijo de plano—. Es importante.

Poco convencido, Mark volvió a su interrogatorio.

–¿Y qué demonios estaba haciendo Drummond echándose encima de ti?

–Yo no diría que se «echó encima» de mí –objetó, al recordar la sutileza del beso de Jonathan.

Al ver la cara que ponía Mark, Loris se dio cuenta de que las cosas iban de mal en peor.

–Yo fui directamente hacia los ascensores con la intención de subir a tu despacho –le explicó, en un intento de mostrarse más conciliadora–. Pero entonces él me llamó. Dijo que no me había despedido de él. Entonces fue cuando... me besó.

–¿No tuvo miedo de que yo lo viera?

–Lo contrario –dijo en tono seco, y al momento se dio cuenta de su metedura de pata.

Pero Mark también se dio cuenta.

–¿Quieres decir que me había visto, y que lo hizo a propósito para fastidiarme?

–Me temo que sí.

–Bueno, créeme, se arrepentirá toda su vida... Después del modo en que ha intentado dejame en ridículo delante de un montón de empleados...

–Pensé que lo que intentó fue evitar que hicieras el ridículo...

–Esta claro que defiendes a ese cerdo –dijo Mark con dureza.

–No estoy defendiéndolo, pero recuerda que prometiste que, pasara lo que pasara, no harías nada en contra de él. Por eso accedí a adelantar la fecha de la boda.

–¿Entonces te estás echando atrás solo por Drummond? –le preguntó con nerviosismo.

–No, no me estoy echando atrás. Pero me gustaría que cumplieras tu parte del trato. ¿Por favor, Mark, no podemos dejar ese tema y tratar lo que he venido a contarte?

Su prometido cuadró los hombros con irritación.

–Muy bien. Dijiste que era importante, así que supongo que será algo relacionado con los preparativos de la boda.

–No exactamente –Loris tragó saliva–. Me dijiste que después de separaros tu esposa y tú no tuviste ninguna relación hasta que me conociste a mí –cuando él no dijo nada, Loris continuó– ¿Es eso cierto?

–Sí, lo es –contestó él, con expresión reservada.

–¿No le prometiste matrimonio a nadie?

–Desde luego que no.

–¿Pero viviste con alguien?

–¿Oye, a dónde quieres llegar?

–He oído que hubo otra mujer en tu vida...

–Tú eres, y has sido, la única mujer con la que he mantenido una relación desde que se rompió mi matrimonio –dijo, y entonces añadió apresuradamente:–. Si estás pensando en Pamela, jamás en mi vida la había visto antes de la noche de la fiesta. Solo fue un lío de una noche, y sabes muy bien por qué. No seguirás teniéndomelo en cuenta, ¿verdad?

–No, esto no tiene nada que ver con Pamela.

–¿Entonces con qué tiene que ver? –le preguntó en tono impaciente.

–He oído que después de marcharse tu esposa viviste con alguien, y que esa mujer tuvo una hija contigo.

–¿Qué? –se puso de pie de un salto–. ¿Por amor de Dios, dónde has oído una historia tan absurda como esa?

–Donde la haya oído no importa. ¿Es cierta?

–¡Por supuesto que no es cierta! –Mark parecía tan disgustado que Loris lo creyó al momento; se dijo a sí misma que se sentía aliviada y su expresión se ablandó–. Ay, lo siento, Mark.

Él sacudió la cabeza.

–No te culpo por pensar mal de mí, sobre todo después de lo de Pamela. Pero he aprendido la lección. Tal vez me dejara llevar fácilmente en lo referente al sexo opuesto en el pasado, pero cuando estemos casados te juro que ni siquiera miraré a otras mujeres. Tú eres lo que siempre he deseado, y contigo en mi cama y mi propia familia, seré el hombre más feliz del mundo.

Antes de que ella pudiera responder, dio la vuelta a

la mesa y la besó. Cuando se apartó y le sonrió, Loris se dijo que aquel discurso debía bastarle, y que haría lo correcto casándose con él. Pero al mismo tiempo, no pudo evitar sentirse ligeramente inquieta al recordar la expresión sincera en el rostro de Jonathan cuando le había hablado de la amante e hija de Mark. ¡Casi la había convencido!

–¿Dónde te enteraste de esta historia, de todos modos? –le preguntó Mark, interrumpiendo sus pensamientos–. Me gustaría mucho saberlo.

–No importa –dijo sacudiendo la cabeza.

–A mí me importa. Maldita sea, Loris, ¿quién te lo ha dicho? Es evidente que quienquiera que lo sacara a la luz solo intenta crear problemas.

De pronto todo su cuerpo se puso en tensión, y Loris notó que lo había adivinado.

–¡Drummond! ¿Quién si no? Ha sido él, ¿verdad? Debería haberme dado cuenta enseguida... Bueno, esta vez se va a enterar de que finalmente se ha pasado de la raya. Le demostraré quién es el jefe. ¡Lo haré despedir! ¡Aunque sea lo último que haga!

–¿No crees que tal vez puedas estar precipitándote? ¿Dejándote llevar por los prejuicios?

–¿Quieres decir que no fue Drummond?

–¿Te parece probable que él supiera algo así cuando hace poco que ha llegado de Estados Unidos?

–¿Bueno, pues si no fue él, quién demonios ha sido?

–Como ya he dicho, eso no importa.

Al ver que no se quedaba nada contento con su respuesta, Loris le sonrió.

–Y yo conozco la verdad, de modo que, en lugar de continuar hablando de ello, preferiría que nos olvidáramos del asunto. ¿No tienes una reunión a las dos y media? –le recordó, ansiosa por marcharse antes de que él la presionara más.

–Sí –miró su reloj–. Estarán aquí en cualquier momento.

–Entonces será mejor que me marche.

Mark la tomó de nuevo entre sus brazos, y cuando le sonrió su rostro le pareció encantador. Resultaba fácil entender por qué tantas mujeres se enamoraban de él.

Sintió un resurgir de la antigua pasión, la atracción que en un primer momento le había llevado a fijarse en él, y cuando la besó ella le devolvió el beso con un entusiasmo que hacía tiempo que no sentía.

–Eso está mucho mejor –dijo él con satisfacción, y la besó de nuevo, disfrutando de la calidez de su respuesta.

En poco más de una semana estarían casados, pensó con cierto alegría; y cuando fueran marido y mujer, desaparecería la tensión que últimamente había amargado su relación. Estarían relajados el uno con el otro, libres para disfrutar de su futuro en común...

Mark se retiró emitiendo un ligero suspiro.

–Qué pena lo de la reunión –dijo con pesar, mirando hacia el sofá–. Pero me temo que es demasiado tarde para cancelarla.

Nerviosa solo de pensar que tenía que hacer el amor con él en su despacho, Loris se puso el impermeable, recogió el bolso y fue hacia la puerta.

Tenía la mano en el picaporte cuando él dijo:

–Si el vuelo llega a su hora, estaré en tu casa alrededor de las seis y media de la tarde.

–De acuerdo –se volvió para sonreírle y tirarle un beso antes de cerrar la puerta a sus espaldas.

Seguía sonriendo cuando llegó al final del pasillo y volvió la esquina para tomar el ascensor. Pero la sonrisa desapareció de sus labios al ver a Jonathan, que la miraba fijamente, apoyado con naturalidad contra la pared opuesta.

Sin saber por qué su presencia la desconcertó.

–¿Es que no tienes nada mejor que hacer que esperarme? –le preguntó enfadada.

Él arqueó las cejas.

–¿Piensas que te estaba esperando?

–Sí. De otro modo, ¿qué estabas haciendo acechando en el pasillo?

–¿Me creerías si te dijera que voy de camino al despacho de Longton a una reunión? Aunque debo reconocer que mi objetivo real era esperarte para averiguar cómo te había ido.

Ella llamó el ascensor.

–Bueno, como no tengo intención de decírtelo, tal vez será mejor que te marches ya a la reunión en lugar de malgastar el tiempo de la empresa –le dijo con altanería.

Él la miró divertido.

–Estás empezando a hablar como la hija del jefe.

–Es que soy la hija del jefe –le recordó en tono resabiado mientras se abrían las puertas del ascensor.

Estaba vacío, y sin mirar atrás Loris se metió en la cabina. Jonathan le siguió los pasos.

–Pensé que tenías que ir a la reunión –dijo en tono áspero mientras alargaba el brazo para tocar uno de los botones.

–En la vida hay cosas más importantes que asistir a una reunión.

–Solo espero que el señor Grant esté de acuerdo contigo –comentó en tono seco.

–Estoy seguro de ello. Es un buen hombre, y en la mayoría de las cosas estamos totalmente de acuerdo. Él me apoyaría hasta el final.

–Espero que así sea, por el bien tuyo.

–¿Quiere decir eso que Longton va por mí?

–Quiere decir que no puedes permitirte arriesgarte más –cuando dijo eso el ascensor se detuvo y las puertas se abrieron con suavidad.

Deseosa de escapar, Loris salió y avanzó unos pasos antes de darse cuenta de que no estaban en la planta baja, sino en la segunda. Antes de que le diera tiempo a dar la vuelta, Jonathan la agarró por la cintura. La condujo por el pasillo y a través de una puerta que había al otro lado. Entonces entraron en un despacho pequeño y funcional, la antítesis del de Mark.

–¿Qué estás haciendo? –gritó, soltándose de él–. No tengo tiempo para jueguecitos.

–No tenía en mente ningún juego; más bien una conversación seria.

–Tengo una cita en Bayswater a las tres y media –le dijo fríamente.

–Eso nos dará tiempo suficiente. Llamaré un taxi cuando hayamos terminado. Lo pagaré incluso –añadió, al ver que ella iba a protestar.

Estaba de pie entre ella y la puerta, y Loris supo que no la dejaría marchar hasta que supiera lo que le interesaba.

–¿Quieres sentarte? –le sugirió en tono cortés.

Consideró brevemente la idea de mandarle al diablo y salir de allí. Pero como él tenía más voluntad que ella, se sentó en una de las sillas giratorias de PVC.

Él se sentó sobre una esquina de la mesa y se cruzó de brazos.

–¿Cómo fue?

–¿Cómo fue el qué?

–Cuando doblaste la esquina ibas sonriendo.

–No creo que haya una ley que lo prohíba.

–No, pero no parecías una mujer que se acaba de enterar de que no puede confiar en su prometido.

–Tal vez fuera porque no me he enterado de tal cosa.

–¿Entonces no se lo preguntaste?

–Sí, lo hice.

–¿Y lo negó todo?

–No creo que lo que haya ocurrido entre Mark y yo sea asunto tuyo.

–Por razones en las que no voy a entrar de momento, lo haré asunto mío.

Al ver que ella permanecía callada, Jonathan suspiró.

–Oh, de acuerdo, si tú no quieres contarme lo ocurrido, tendré que preguntárselo a Longton.

–¿Crees de verdad que te lo diría? –le preguntó con incredulidad.

–Tal vez lo haga. Pero si no tengo alternativa se lo sacaré a golpes si hace falta.

–¿No sería más fácil sacármelo a mí?

–Jamás en mi vida he pegado a una mujer, y no tengo intención de empezar a hacerlo ahora. Aunque hay maneras más agradables... –de pronto estaba delante de ella y le miraba los labios fijamente.

–¡No, no! No te atrevas a tocarme... –dijo con pánico–. De acuerdo, te lo diré.

–Dios mío –murmuró en tono bajo–. De haber sabido lo efectivo de este método, lo habría utilizado antes.

–Y yo que pensé que a Mark se le daba bien intimidar –dijo ella con amargura.

Jonathan sonrió con pesar.

–Tal vez se le dé bien intimidar pero, cada vez que recuerdo lo feliz que estabas al salir de su despacho, sospecho que se le da mejor mentir.

–Pues resulta que yo lo creo –dijo con tozudez.

–Si me cuentas lo que dijo, podré juzgar por mí mismo.

–Lo negó todo –dijo por fin con renuencia.

–¿Y te has creído todas esas mentiras? –Jonathan le preguntó con incredulidad–. Utiliza el cerebro, Loris. Te ha mentido antes y te está mintiendo ahora.

Loris empezó a dudar de nuevo, y detestó esa sensación; de modo que se puso de pie y él retrocedió un paso.

–Estás perdiendo el tiempo –le dijo con frialdad–. Y preferiría que de aquí en adelante dejaras de meterte en mi vida y te mantuvieras alejado de los asuntos de Mark. En realidad, sería mucho mejor si volvieras a Estados Unidos. Ahora, si no te importa, quiero marcharme.

–¿Quieres que te llame un taxi?

–No, gracias.

Agarró su bolso y fue hacia la puerta.

Capítulo 7

ONATHAN llegó antes a la puerta, y por un instante Loris pensó que estaba allí para impedirle el paso; pero en lugar de eso se la abrió.

–*Au revoir*, señorita Bergman.

–Adiós, señor Drummond.

–Oh, una cosa más...

Como una tonta, se detuvo y se dio la vuelta.

Rápidamente Jonathan cerró la puerta. Un segundo después su bolso cayó al suelo, le inmovilizó los brazos contra la puerta y empezó a besarla.

Esa vez ella forcejeó, pero él la agarró con facilidad, sin esfuerzo.

Al principio el beso fue castigador, trasmitiendo la rabia que sentía. Pero pasados unos momentos se trasformó en una sucesión de besos suaves que la persuadieron y provocaron a separar los labios para dejarle hacer.

Él aprovechó el despiste y le deslizó la lengua en su interior, besándola con tanta intensidad que, pasados unos momentos, un inmenso calor la inundó.

Estaba perdida, aturdida, cuando él levantó la cabeza y se agachó para recoger su bolso del suelo.

Momentos después alguien llamó a la puerta y la abrió. Una de las chicas que trabajaban como auxiliares de oficina asomó la cabeza.

–Siento interrumpirlo, señor Drummond, pero el señor Grant me ha pedido que le recuerde que tienen una reunión.

–Gracias, Caley. ¿Por favor, puede decirle que iré inmediatamente?

La chica se marchó y Jonathan se dirigió a Loris.

–Bueno, le diré *au revoir*, señorita Bergman. Muchas gracias por su tiempo y su ayuda... Permítame que la acompañe a la salida.

Sus obsequiosos modales contrastaron con el brillo malicioso de su mirada.

Loris apretó los dientes y pasó junto a él sin mediar palabra. Estaba demasiado nerviosa para esperar el ascensor, de modo que echó a andar escaleras abajo.

Seguía lloviendo a cántaros y, después de abrir el paraguas, corrió por la acera. En la esquina paró un taxi que estaba libre. Lo que le faltaba era llegar tarde a su cita.

Eran las cinco cuando Loris volvió a su apartamento. Se sentía inquieta y desanimada. Su cita también había resultado decepcionante, ya que muy pronto se había dado cuenta de que en lugar de tomarse en serio el encargo, lo único que el dueño del ático de lujo quería eran consejos gratis.

Y, para colmo de males, no había logrado quitarse de la cabeza a Jonathan Drummond. Una y otra vez los acontecimientos de la tarde se repetían en su memoria.

No por primera vez se preguntó qué esperaba conseguir fastidiándole los planes.

Estaba claro que detestaba a Mark y quería impedirle que se casara con él. ¿Pero por qué? Tenía que haber algo más aparte del desagrado. A pesar de todo lo que había pasado entre ellos, no podía ser porque estuviera interesado en ella. Él había reconocido tener también planes de boda.

Loris se sintió tremendamente contrariada, y deseó no haber puesto jamás los ojos en Jonathan Drummond. Fue a la cocina y se preparó un té. Mientras se lo tomaba oyó los mensajes en el contestador.

Solo el último le pareció verdaderamente interesante. La que llamaba era una tal señora Marchant que, habiendo visto y admirado algunos de sus trabajos, deseaba que fuera a ver una pequeña casa solariega cerca de Fenny Oak.

Tras una breve descripción de la casa de doce habitaciones, la afable voz continuaba explicando:

—Hace poco que hemos adquirido Fenny Manor. Tiene muy pocos muebles, y el interior de la vivienda está bastante abandonado, por lo que necesita renovarse. Para ser sincera no tengo ni tiempo ni conocimientos para embarcarme en tal proyecto, de modo que nos gustaría saber lo antes posible si le interesaría. Si pudiera venir a verla mañana, o mejor aún esta noche, se lo agradecería mucho.

Había dejado un número de teléfono.

A Loris le pareció el proyecto importante e interesante que llevaba tanto tiempo esperando, y si se ocupaba en algo esa noche no pensaría en cosas en las que no le convenía pensar.

Mucho más animada, marcó el número de teléfono, y pasados unos momentos la misma voz agradable contestó:

—¿Diga?

—Soy Loris Bergman.

—Oh, señorita Bergman, qué amabilidad la suya por llamar tan rápidamente. Sé que la he avisado con tan poco tiempo... No imagino que pueda estar libre mañana, ¿verdad?

—En realidad podría ir esta misma noche —dijo Loris.

—¡Oh, eso sería estupendo! Pero vivimos algo apartados de Londres. Me imagino que no habrá oído hablar de Fenny Oak, ¿verdad? Es una pequeña aldea no muy lejos del pueblo de Paddleham.

—En realidad conozco bien la zona. Solo está a unos cuantos kilómetros de donde viven mis padres.

—Excelente. Fenny Manor es la única casa que se encuentra en la lengua de tierra entre el río Fenny y el río Mere, de modo que no puede equivocarse. Supongo que tiene usted coche.

–No, no tengo. Como trabajo sobre todo en Londres y es tan difícil aparcar, prefiero moverme en taxi.

–Bueno, si viene en taxi estaremos encantados de abonar nosotros el importe. Si nos dice más o menos la hora a la que va a llegar, estaré esperándola.

Preguntándose a qué hora cenarían, Loris preguntó:

–¿A qué hora le vendría mejor? ¿A las siete y media? ¿O tal vez más tarde?

–Venga a las siete y media si puede. ¿Y si no tiene otros planes, por qué no cenar con nosotros? Así se irá ambientando con la casa...

–Gracias, eso sería estupendo.

El cielo estaba totalmente negro y continuaba lloviendo sin parar cuando, minutos antes de las siete y media, el taxi de Loris cruzó el pintoresco pueblo de Fenny Oak y giró por Watersmeet Lane.

Loris había avisado al taxista de que tal vez tuviera que esperarla un par de horas o más; pero el conductor, un hombre parlanchín de unos cincuenta años, se lo tomó con filosofía.

Al llegar al final del camino vieron que este se abría en una amplia zona de adoquines iluminada por dos farolas antiguas.

Un puente de piedra cruzaba el río llegado ese punto, y un poco más allá, construida sobre una leve elevación del terreno, Loris divisó la silueta oscura de una casa, con las luces encendidas tras los cristales de las ventanas.

El río Fenny, poco más que un arroyuelo en verano, estaba muy crecido y tenía un caudal rápido y abundante.

El taxista se detuvo delante del puente, donde se formaba un leve montículo.

–Si se baja aquí no se mojará los pies –le sugirió.

–Gracias. ¿Seguro que estará bien? Tal vez pase frío, ahí sentado todo el tiempo.

–Me las apañaré. Si me entra frío puedo encender el motor un rato.

Loris se ciñó el cinturón del impermeable, se caló el sueste y salió del vehículo. Cerró la puerta con fuerza y cruzó el puente apresuradamente.

El camino hasta la casa, que discurría entre extensiones de césped en declive, estaba pavimentado y bien iluminado, y mientras subía las escaleras que llevaban al patio, se abrió la puerta.

Una atractiva y esbelta mujer más o menos de su altura, de ojos grises y pelo rizado, estaba esperándola en el umbral. Aparentaba alrededor de veintiocho o treinta años.

–Hola, señorita Bergman, soy Jane Marchant –sonrió con calidez e invitó a Loris a pasar a un amplio y bonito vestíbulo revestido en madera de donde arrancaban unas preciosas escaleras antiguas.

–¡Qué tiempo tan horroroso! Deje que me lleve lo que trae mojado –después de colgar las prendas de Loris en el perchero de madera de la entrada, continuó charlando en el mismo tono afable–. La cena está casi lista, pero antes de sentarnos, ¿qué le parece si damos una vuelta rápida por la casa? De ese modo podrá hacerse una idea preliminar.

Aunque la casa necesitaba remodelaciones urgentes, era un lugar espacioso y lleno de encanto; una casa con carácter, de gruesos muros y ventanas con parteluz.

Terminaron el recorrido de la casa en una amplia y acogedora cocina, con bancos de madera de respaldo alto de roble y suelo de piedra, y Loris supo sin lugar a dudas que era el tipo de sitio donde le encantaría trabajar.

Delante de la cocina encendida, Loris expresó su parecer en voz alta.

–Me alegro de que le guste –Jane Marchant le sonrió–. Habría sido una lástima si no le hubiera agradado, después de haber sido tan valiente de venir hasta aquí en una noche tan desagradable como esta.

Loris le devolvió la sonrisa.

–En realidad es el taxista que está esperando fuera el que más pena me da.

–Bueno, no hace falta que el pobre hombre espere fuera. Voy a ponerme el impermeable y le diré que entre –de camino hacia la puerta se volvió un momento–. Por cierto, ese arco da al comedor, si le apetece verlo...

El comedor era la única habitación que Loris aún no había visto, pero decidió esperar a que volviera su anfitriona. Se preguntó si habría un señor Marchant.

Le pareció que no había nadie más en casa, pero la señora Marchant la había invitado a cenar con «ellos» y, en la única habitación que había amueblada, Loris había visto un cepillo de pelo de hombre y una corbata cuidadosamente doblada.

Lo que no había visto, pero estaba pensando precisamente en ese momento, era señal alguna de que una mujer viviera allí. Jane Marchant debía de ser una de esas mujeres ordenadas que lo tenía todo guardado...

No se produjo ningún ruido, pero Loris sintió como si alguien la estuviera observando y se dio la vuelta.

De pie bajo el arco, vestido con unos pantalones de pana y un polo de lana negro, estaba Jonathan Drummond.

Cuando ella, que no daba crédito a sus ojos, lo miró boquiabierta, él dijo:

–Me preguntaba por qué no habías pasado al comedor.

–¿Qué diantres estás haciendo tú aquí? –preguntó con voz ronca.

–Vivo aquí. O al menos lo haré cuando todo esté arreglado.

Avanzó hasta ella, le colocó la mano en la cintura con suavidad y la invitó a pasar al comedor.

–Vamos. De otro modo la cena se enfriará.

Perpleja y muda de asombro, se dejó conducir hasta un comedor iluminado con velas y se sentó a la mesa.

Mientras observaba a su anfitrión abriendo una botella de vino, Loris cayó en la cuenta con pesadumbre de que Jane Marchant debía de ser la mujer con la que Jonathan quería casarse.

Ella se había presentado como señora Marchant, y cuando le había hablado de sus planes Jonathan había dicho que la mujer con la que esperaba casarse tenía una relación con otra persona en ese momento.

Y cuando ella le había preguntado qué estaba haciendo allí, él le había dicho que vivía allí. O más bien que lo haría cuando «todo estuviera arreglado...»

¿Estarían entonces esperando a que Jane Marchant se divorciara para irse a vivir juntos allí? Jane Marchant le había dicho que habían adquirido Fenny Manor hacía poco tiempo.

Estaba claro que de su salario Jonathan jamás habría podido permitirse un sitio como aquel, de modo que si eran pareja ella debía de ser la que tuviera dinero.

Pero, a no ser que fuera el hipócrita más grande del mundo, no podía imaginárselo casándose por esa razón. Debía de amar a Jane Marchant...

Aunque si así era, y estaba a punto de casarse con la mujer de sus sueños, ¿por qué se había acostado con Loris?

Seguramente sería porque Jonathan era un hombre de sangre caliente, que había aprovechado la oportunidad que se le había presentado.

Lo mismo que había hecho Mark con Pamela.

Tan solo había sido para él un lío de una noche, sin sentimientos de por medio.

Sin embargo, había sentido ternura cuando le había hecho el amor. Algo que había hecho de la experiencia algo especial.

¿O había sido solo su propia respuesta lo que le había hecho pensar así? Tal vez, él le había hecho el amor a Loris pensando en que se lo estaba haciendo a la mujer que amaba...

No debería importarle, pero desgraciadamente le importó.

–¿Qué te parece Jane? –le preguntó, dando continuidad a sus pensamientos.

Loris tragó saliva.

–Me gusta mucho. Supongo que tú la quieres –añadió, viéndose en la necesidad de asegurarse.

–Sí –contestó sin más.

Loris se quedó mirando el mantel de damasco blanco y se preguntó por qué a ella, que quería a Mark y estaba a punto de casarse con él, le molestaba tanto saber que Jonathan amaba a otra mujer.

–Espero que te guste la comida española –la voz de Jonathan la sacó de su abstracción.

–Sí, me encanta –contestó Loris.

Después de llenar la copa de Loris y la suya con un poco de Chablis, Jonathan levantó la tapadera que cubría un recipiente. Mientras él servía el humeante arroz en los platos, Loris se dio cuenta de que la mesa estaba puesta solo para dos.

–¿No va a comer la señora Marchant con nosotros? –le preguntó, algo confusa.

–A Jane no le gusta la paella.

De repente Loris se dio cuenta del tiempo que hacía que su anfitriona se había marchado, y se sintió inquieta.

–¿Crees que estará bien?

–Estoy seguro –contestó, aparentemente tranquilo.

–No lo entiendes –dijo Loris–. Salió a hablar con el taxista. ¿No crees que ya debería estar de vuelta?

–No va a volver.

–¿Qué quieres decir con que no va a volver?

–Quiero decir que se ha marchado a casa.

–¿A casa? –Loris repitió sin comprender–. ¿Es que no vive aquí?

–No, vive en Harefield.

–Oh, pero...

–Por favor, empieza a comer antes de que se enfríe la comida –la interrumpió con firmeza–, y después te diré todo lo que quieras.

Al ver que no iba a conseguir nada, Loris agarró el tenedor.

Cuando terminaron de comer, él le sirvió café.

–¿Por qué no nos lo tomamos junto a la chimenea del salón?

Él le retiró la silla y la condujo a la habitación adyacente, que tenía las paredes revestidas de madera de roble y un arco que conducía al vestíbulo.

Tenía un aspecto íntimo y acogedor. En una gran chimenea de piedra ardían varios troncos gruesos.

Delante de la chimenea había una espesa alfombra de piel de oveja y en semicírculo a su alrededor un tresillo de aspecto confortable y una mesa de café ovalada.

Cuando Jane Marchant le había enseñado la casa, a Loris le había parecido la habitación más bonita de todas, y de nuevo volvió a pensar lo mismo.

–Deja que me lleve tu chaqueta; aquí hace calor.

Antes de que pudiera decir nada, Jonathan le había quitado la chaqueta color arándano y la había colgado sobre el respaldo de una silla.

Loris aspiró hondo y empezó a hablar.

–Bueno, ahora tal vez quieras contarme...

–¿Por qué no te pones cómoda primero? –la interrumpió con suavidad, indicándole el sofá.

Loris decidió que lo mejor sería guardar entre ellos la mayor distancia posible, y se sentó en una de las butacas.

Él sonrió y se sentó en uno de los anchos brazos de la butaca; la miró y arquear una ceja con gesto expectante.

–¿Te importaría decirme por qué a la señora Marchant le pareció necesario engañarme?

–Yo se lo pedí –confesó tan tranquilo–. Le dije exactamente lo que quería que dijera... Aunque da la casualidad de que ha visto algo de tu trabajo y lo admira, de modo que esa parte es verdad.

–Debe de ser lo único que es verdad.

Él suspiró.

—No le hizo gracia tener que engañarte; solo lo hizo para complacerme.

—No entiendo por qué ha sido necesario —dijo Loris en tono seco.

—¿Habrías venido si yo te lo hubiera pedido? Por supuesto que no. Según están ahora las cosas, no habrías aceptado.

—Si estabas tan seguro de eso, no sé que has pretendido conseguir trayéndome aquí bajo un pretexto falso.

—¿Te gusta la casa? —le preguntó, mirándola a los ojos.

—Sí —reconoció ella.

—¿No te gustaría trabajar en ella?

Por supuesto que sí... si él no tuviera relación con esa vivienda.

—Pues no —dijo rotundamente.

Él arqueó las cejas.

—¿Por qué no?

—¿Que por qué no? ¡Debes estar de broma! Mark y yo nos vamos a casar dentro de una semana.

—Me dijiste que tenías la intención de continuar trabajando hasta junio.

—Es cierto. Pero no para ti. Así que me temo que has perdido tu tiempo, y el mío.

Sofocada por su proximidad, Loris se puso de pie.

—¿Vas a algún sitio?

—A casa —dijo sucintamente.

—¿Cómo vas a ir hasta allí?

—Por si lo has olvidado, tengo un taxi esperándome.

Él la miró con sus brillantes ojos de gato.

—Creo que no.

Loris lo miró con intensidad; entonces, para comprobar que estaba equivocado, se apresuró a la ventana y se asomó.

A través de la lluvia vio que el taxi ya no estaba donde la había dejado.

Loris se volvió muy enfadada.

—¿Qué hiciste? ¿Le pagaste y le pediste que se marchara?

–No exactamente –se levantó–. Le sugerí a Jane que le dijera que no había necesidad de esperar, ya que habías decidido quedarte a pasar la noche, y que utilizara el taxi para volver a su casa.

–Debe de ser muy confiada para marcharse y dejar aquí a otra mujer... –dijo, con el corazón saliéndosele del pecho.

–Confía en mí totalmente –le aseguró con seriedad.

–Entonces tal vez puedas llamar otro taxi.

–Me temo que me he dejado el móvil en el despacho, y aún no me han conectado el teléfono aquí –dijo con tranquilidad.

–Estás mintiendo. Llamé a Fenny Manor esta tarde y hablé con la señora Marchant.

–Te aseguro que ella estaba en Harefield entonces. Yo estaba con ella cuando te dejó el mensaje, y también cuando tú llamaste después.

–Bueno, como tú eres responsable de que me encuentre ahora en esta situación, debo pedirte que me lleves al menos hasta la cabina telefónica más cercana.

–Me temo que no tengo trasporte, y aunque lo tuviera, no sería seguro conducir sobre el puente.

–¿Si no tienes trasporte, cómo volvisteis los dos de Harefield?

–En taxi. Dejé el coche en casa de Jane para que le echaran un vistazo; hacía un ruido muy raro y no quería quedarme tirado en el camino.

Jonathan parecía tener una respuesta para todo, aunque Loris estaba convencida de que se lo estaba inventando.

Loris se preguntó a qué estaría jugando. En realidad, sintió pánico, pero decidió ignorarlo.

–Entonces caminaré hasta el pueblo y llamaré desde allí –dijo con resolución.

–Tal y como está subiendo el agua, te va a costar mucho hacer el camino a pie... Y, aparte de eso, cruzar el puente debe de ser cada vez más peligroso.

–Bueno, tendré que arriesgarme. Cualquier cosa mejor que estar atrapada aquí.

Él sonrió.

—¿Muerta antes que deshonrada? Qué melodramático.

—No tiene gracia —le dijo confundida—. La señora Marchant tal vez confíe en ti, ¿pero qué diría si supiera lo que pasó el sábado por la noche?

—Estoy seguro de que no le importaría. Jane es extremadamente abierta.

—Bueno, pues Mark no lo es, y si él se enterara de que he pasado la noche aquí a solas contigo...

—Oh, no estaremos solos. Elizabeth está aquí.

—¿Elizabeth? ¿Quién es Elizabeth?

Jonathan echó otro leño al fuego antes de contestar.

—Nuestro fantasma. Pero me han dicho que es inofensiva, aunque personalmente no la conozco.

—¿Quieres hablar en serio por una vez? Como no tengo intención alguna de trabajar para ti, y los dos estamos a punto de casarnos...

Él le echó una larga mirada de reojo; una mirada llena de humor.

—Porque te vas a casar, ¿no? —le preguntó ella.

—Espero que sí.

—¿Entonces de qué sirve todo esto?

—Se me ocurrió que mientras que los dos seguimos solteros sería agradable pasar otra noche juntos.

—¡Agradable! —exclamó con voz ronca—. ¡Debes de estar loco!

—Pues a mí me pareció que el otro día disfrutaste de la experiencia...

—¿Sabes una cosa? —dijo con voz temblorosa—. ¡Cuando uno está a punto de casarse con otra persona, sugerir eso es de lo más inmoral!

Él parecía afligido.

—No sé cómo tuviste la frescura de criticar a Mark —continuó Loris, que cada vez estaba más colorada—. ¡Comparado contigo, es casi un santo!

Jonathan sonrió con burla.

—De santo no tiene nada, de verdad. Créeme, todas

las críticas que te haga de Longton fueron justificadas. Es un mujeriego y un bravucón. Mira cómo te trató a ti.

Le tomó la mano derecha y le rozó con los labios la cara interna de la muñeca, donde se veía aún una marca roja.

Aquel era un gesto que a Mark jamás se le hubiera ocurrido hacer y, conmovida por su ternura, dio un tirón para retirar la mano.

—Eso ha sido tanto culpa tuya como de Mark. Cada vez que te has enfrentado a él lo has provocado adrede, y si llego a reconocer que fuiste tú el que me contaste la historia de la amante y el bebé...

—¿No lo hiciste?

—No, no lo hice. En realidad le convencí de que no habías sido tú. De otro modo ya te habrías quedado sin empleo.

—Mark intentó echarme. En cuanto llegué a la reunión empezó a insultarme y me dijo que me marchara.

—¿No pudo ayudarte William Grant? —preguntó, preocupada aunque le diera rabia.

—No quise que lo hiciera. Me convino marcharme.

Por supuesto... ¿Acaso no estaba planeando casarse con otra persona?

—¿Entonces este plan de atraerme aquí con engaños y obligarme a pasar la noche, solo lo has hecho por venganza? —preguntó con recelo.

—¿Tú qué crees?

—Creo que eres totalmente despreciable.

—Qué lástima, porque yo te encuentro encantadora.

Ella le dio la espalda y fue hacia la puerta. Pero por segunda vez en ese día, él se le adelantó y se apoyó contra los paneles de madera.

—Por favor, apártate de mi camino —dijo en tono seco—. Quiero marcharme —al ver que no se movía, Loris insistió—. Lo digo en serio. No estoy bromeando.

—Ni yo tampoco cuando te digo que no tengo intención de dejarte marchar hasta por la mañana... Y posiblemente tampoco entonces.

–No puedes retenerme aquí –protestó Loris.

–Creo que sí –le corrigió con suavidad.

–Por favor, Jonathan –le rogó.

–Tengo intención de complacerte –le aseguró con una sonrisa–. En realidad, te prometo la gloria...

–¡No! –susurró–. No quiero hacer el amor contigo, y si intentas obligarme jamás te lo perdonaré. ¡Nunca!

–No tengo intención de forzarte –dijo–. Encontraré el modo de darte placer y de que quieras venir a mi cama por voluntad propia.

Loris sintió todos los músculos en tensión y, para horror suyo, notó un remolino de deseo entre las piernas. Muerta de miedo, no tanto de él sino de su propia reacción, se humedeció los labios.

–Estás empezando a desearme ya –la provocó.

–¡No!

–No me mientas, Loris, se te ve en la cara, en cómo responde tu cuerpo solo de pensar en ello.

Durante más de tres meses había intentado responder a las caricias de Mark, a sus apasionados besos, pero nunca la habían sacudido de ese modo. ¿Cómo podía afectarla Jonathan tanto con solo una mirada y unas cuantas palabras?

Al notar que tenía los pezones duros, se volvió de cara a la chimenea. Si no podía evitar aquella debilidad, al menos debía encontrar el modo de esconderla.

Cuando Jonathan dijo que no intentaría forzarla, ella lo creyó. Si fuera capaz de decir que no en serio, él no la tocaría.

Sin embargo, como si él tuviera la llave de su recién despertada sexualidad, era demasiado sensible a sus caricias, de modo que solo le quedaba recurrir a la fuerza de voluntad.

Capítulo 8

DESDE luego siempre había tenido bastante fuerza de voluntad, estaba pensando Loris, cuando de pronto pegó un respingo al sentir que Jonathan se pegaba a su espalda.

Él le retiró la larga melena negra y le rozó la suave piel de la nuca con los labios.

–No –dijo casi sin aliento–. No quiero que me toques.

–Mi dulce mentirosa... –le mordisqueó la zona donde confluían el hombro y el cuello–. Quieres que te toque.

Le deslizó las manos por las costillas de modo que con los pulgares le rozaba el lateral de los pechos.

Como Loris no sabía qué hacer, decidió fingir indiferencia mientras él le deslizaba lentamente los labios por el cuello, mordisqueándola y provocándola, haciendo que se estremeciera.

Hasta que no le puso las manos sobre los pechos, protegidos tan solo por una fina tela de encaje y seda, Loris no se dio cuenta del peligro que corría.

Y ya era casi demasiado tarde.

Con los pulgares le acarició los pezones sin parar, provocándole una tremenda excitación. Entonces le acercó los labios a la oreja y le susurró:

–Sé muy bien que no eres indiferente. Siento cómo te late el corazón, y que tu respiración se ha vuelto de pronto más agitada.

–Eso es asco, nada más –contestó ella.

Él se echó a reír.

–Siempre me han gustado las mujeres con un toque de rebeldía.

–Si no me quitas las manos de encima inmediatamente, te demostraré que puede ser algo más que un
toque de rebeldía.

–Ten cuidado –la avisó–. No hay nada que inflame la
pasión de un hombre más que la lucha.

Ella pensó que solo se lo decía para que se mostrara
sumisa y se dio la vuelta, levantando al tiempo la mano
para darle una bofetada.

Soltó un grito entrecortado cuando él la agarró de la
muñeca. Inmediatamente, Jonathan aflojó los dedos.

–Perdóname, se me olvidó que te dolía –entonces le
ofreció la mejilla–. Adelante, dame una bofetada si con
ello te vas a sentir mejor.

La sonrisa que acompañó a la oferta fue como una
cerilla junto a un reguero de pólvora.

–Estoy segura de ello –le dijo mientras sonreía.

Y seguidamente le pegó una bofetada que le movió
la cabeza hacia un lado.

Por un momento ambos se quedaron inmóviles. Entonces, al ver que él levantaba la mano, ella se estremeció, deseando haber podido controlar aquel genio.

–No te preocupes –le dijo con tranquilidad mientras
se palpaba la mejilla–. Solo estoy calibrando los daños.

Ella, que no era una persona violenta, se sintió enseguida muy mal.

–Lo siento. No debería haberlo hecho.

–Me lo he merecido –reconoció con pesar–. Solo es
que me ha sorprendido, la verdad...

Él parecía estar relajado, de modo que Loris respiró
y se relajó un poco también. Su cuerpo aún deseaba las
caricias de Jonathan, pero el momento de peligro parecía haber pasado.

Ella había ganado.

Se entremetió la camisa bajo la falda, y dijo con la
mayor naturalidad posible:

–Bueno, ahora que ya sabes que no soy una mujer
con la que uno pueda jugar, tal vez quieras darme mi
chaqueta e impermeable y me dejes marchar.

–Mi querida Loris –dijo, sonriendo con pesar–, solo has ganado una escaramuza preliminar, no la guerra.

Antes de poder reaccionar, se vio tumbada sobre la suave y blanca pelliza que había en el suelo delante de la chimenea. Se quedó muy quieta durante un par de segundos, pero enseguida empezó a forcejear como una loca.

Suavemente le levantó los brazos por encima de la cabeza con una mano, y utilizó el peso de su cuerpo para sostenerla así.

Ella continuó retorciéndose hasta que se dio cuenta de pronto de que él había dicho la verdad al decir que nada enardecía más la pasión de un hombre que un forcejeo, y se detuvo.

–Mejor –dijo–. Pero si en los cinco minutos siguientes no logro que reconozcas que me deseas, entonces te prometo que no te tocaré.

Con la mano libre le sujetó la barbilla, para que ella no pudiera volver la cara.

Loris apretó los dientes, pero él empezó a darle besos suaves y ligeros como una pluma en las mejillas, los pómulos, los párpados y los labios.

Si los besos hubieran sido fuertes, intensos, a ella le habría costado menos resistirse, pero aquellas caricias tan persuasivas y cautivadoras que tanto gozo prometían la empujaban a querer separar los labios para él.

Cuando le trazó el contorno de los labios con la punta de la lengua, ella se estremeció. Lenta y cuidadosamente, por segunda vez esa noche, le desabrochó los botones de la blusa, se la abrió y hundió la cara entre los senos.

–No, por favor, no... –soltó un gemido entrecortado, mientras sentía su aliento húmedo y caliente a través de la fina tela del sujetador.

Momentos después le había soltado el cierre delantero del sujetador. Se lo retiró y por fin pudo acariciar con las dos manos aquellos pechos redondos y bien formados, coronados por oscuros pezones rosados.

Mientras los incitaba con la boca y los dedos, le deslizó la mano para quitarle los zapatos; después siguió deslizándosela por la pierna hasta la banda de encaje de la media. Se detuvo ahí un instante antes de continuar hasta toparse con unas delicadas braguitas de seda.

Ella contuvo la respiración mientras él continuaba subiendo, trazando el borde le la braguita para terminar acariciándole la cara interna del muslo.

Loris estaba ardiente ya, llena de deseo. No existía nada salvo aquel hombre y lo que le estaba haciendo. No había pasado, ni futuro, solo el presente y una necesidad arrolladora.

Pero en lugar de satisfacer ese deseo, Jonathan retiró la mano. Ella levantó la cabeza, aturdida, y vio que Jonathan la miraba a los ojos. Él le dio las manos y la ayudó a levantarse.

—Jonathan, yo... —se tambaleó hacia él, le echó los brazos al cuello y lo abrazó. Él se negó a abrazarla e insistió:

—Quiero que lo digas tú.

—Quiero que me hagas el amor —dijo en tono sensual.

—Bueno, primero tendremos que librarnos de esto —le quitó el anillo de compromiso que llevaba y lo dejó descuidadamente sobre la repisa de la chimenea.

Entonces empezó a desnudarla despacio, sin apresuramientos. Cuando solo llevaba encima las medias y las braguitas, le deslizó las manos dentro de las bragas para agarrarle de las nalgas antes de inclinar la cabeza y empezar a hacerle cosquillas en los pezones con la punta de la lengua.

—Por favor... —le susurró, sin poder soportar aquel tormento.

Él se puso derecho, se quitó los calcetines, los zapatos y el suéter, antes de tomarle las manos y llevárselas a la hebilla del cinturón.

Ella jamás había desnudado a un hombre en su vida, y con torpeza, fruto del deseo y el nerviosismo, finalmente consiguió desabrocharle el cinturón y el botón de la cinturilla.

Él sintió lástima de ella, y continuó hasta que se quitó los pantalones y se bajó los boxer de seda oscuros.

Tenía los hombros muchos más anchos de lo que Loris había imaginado en un principio, y un cuerpo grácil y simétrico. No tenía ni un gramo de más y sus músculos, bajo una piel suave y bronceada, tenían el tono de los de un atleta.

Ella lo miraba asombrada cuando él le dijo:

—Deja que te mire bien.

Obedientemente, ella se bajó primero las braguitas, después una media y luego la otra.

Cuando estuvo totalmente desnuda se quedó allí de pie y le dejó que se saciara con la mirada; pero no experimentó vergüenza alguna, sino una alegría tremenda al notar que lo que él veía lo complacía.

—Eres preciosa —susurró, casi con adoración.

—También tú —contestó ella en tono ronco.

Él le tomó las manos y la abrazó para sentir su piel, su cuerpo desnudo.

Ella cerró un momento los ojos y apoyó la cabeza en su hombro, feliz de dejarse abrazar por él. Su aroma masculino, cálido y limpio, le resultó agradable, familiar. Era como si aquellos brazos fueran su refugio.

Él le colocó la mano debajo de la barbilla y le alzó la cara para besarla con suavidad. Fue una caricia leve, un roce apenas perceptible, pero para ella fue como un compromiso, y supo en ese mismo instante que amaba a aquel hombre. Lo había amado desde que lo había visto por primera vez.

Incluso le parecía apropiado, inevitable, que fueran amantes.

Ella se retiró un poco, le sonrió y le tocó la mejilla sorprendida. Entonces, con la punta de un dedo, le acarició la boca, una boca que, con su sensualidad y delicadeza, siempre conseguía hacerle estremecer.

Él le tomó la mano y le besó el dedo; se lo colocó entre los labios y lo succionó.

Él estómago se le encogió, y de repente surgió de nuevo aquel intenso anhelo.

Al notar su reacción, Jonathan apagó la luz y, al suave resplandor del fuego, la estrechó entre sus brazos y la volvió a besar, esa vez dando rienda suelta a su propia pasión.

Ella abrió la boca, le echó los brazos al cuello, y cuando él la bajó con suavidad sobre la alfombra de piel, ella se dejó hacer con diligencia.

Loris se despertó despacio, toda ella envuelta en una felicidad y un bienestar completos. Estaba de un humor lánguido, y su cuerpo estaba relajado y satisfecho.

Por un momento se quedó quieta, aún medio dormida, saboreando aquella sensación de dicha, recordando la noche anterior y el amor que le había dado Jonathan.

Después de hacer el amor, habían permanecido allí abrazados hasta que las ascuas de la chimenea se habían casi extinguido y habían empezado a sentir frío. Entonces Jonathan la había llevado en brazos al piso de arriba.

Una vez en la cama, el deseo había vuelto a despertar y habían vuelto a hacer el amor hasta que, saciados, se habían quedado dormidos.

En ese momento se dio cuenta de que estaba sola en la gran cama y que la luz deslavazada del sol proyectaba las sombras de las ventanas de cristal emplomado sobre las paredes blancas.

Había llegado el nuevo día.

En ese momento, el viento helado de la cruda realidad se llevó de una pasada su felicidad. Tal vez amara a Jonathan, y a pesar de sus fallos lo amaba con toda su alma, pero no era suyo. Pertenecía a otra mujer. Él amaba a otra mujer.

Por parte de Jonathan había sido algo puramente físico, tan solo una noche de pasión robada que jamás debería haber sucedido.

Ella, por su parte, había sido lo suficientemente débil como para acceder a ello. Se había comportado muy mal; y no solo por Mark, sino también por Jane Marchant.

¿En qué demonios habría estado pensando? En realidad no había estado pensando en absoluto. Solo sintiendo. Y ya era demasiado tarde; el daño estaba hecho.

De pronto, como si salir de Fenny Manor fuera un modo de dejar atrás parte de su sentimiento de culpabilidad, decidió que tenía que salir de allí inmediatamente.

No había rastro de Jonathan, y la casa estaba en silencio y vacía. Miró el reloj y vio que eran más de las doce.

Al poner los pies en el suelo notó dos cosas: que su ropa estaba doblada y recogida sobre el respaldo de una silla, y que en la mesilla de noche había una taza con café frío y una nota apoyada sobre la taza.

Abrió la nota con manos temblorosas y la leyó.

Como se está haciendo tarde y tenemos un día muy ocupado, he decidido ir a buscar el coche. Tenía muchas ganas de besarte antes de salir, pero me dio pena despertarte. Con amor, J.

Con amor... La garganta se le constriñó, y por un instante una loca esperanza le alegró el corazón. Pero enseguida el sentido común le hizo bajar a la tierra de un golpe. Seguramente sería tan solo un final común para una nota, más que una declaración de sus sentimientos.

Por supuesto que no la amaba. Ya había dicho que amaba a Jane Marchant.

Para él, la noche pasada no había sido más que un episodio con el que había gozado, un último devaneo en el que no entraban las emociones.

Si Jonathan fuera consciente de lo que ella sentía, sin duda se sentiría incomodado y avergonzado por aquella complicación imprevista e indeseada.

Si él descubría la verdad, lo poco que le quedaba de amor propio quedaría pisoteado. De modo que la única forma de salvaguardarlo era hacerle creer que la noche anterior no había significado para ella más que para él.

Si podía, claro.

Él había escrito en la nota que tenían «un día muy ocupado», pero si pasaba el día con él tal vez no pudiera evitar mostrar lo que sentía... Lo cual significaba que debía marcharse en ese momento, antes de que él volviera. Su secreto solo estaría a salvo si no volvía a verlo más.

No tenía ni idea de cómo llegar a Harefield, ni de cuánto tardaría él; pero, a juzgar por lo frío que estaba el café, Loris dedujo que hacía ya un rato que se había marchado.

Podría estar de vuelta en cualquier momento.

En el cuarto de baño encontró un cepillo de dientes nuevo y un tubo de pasta sin estrenar. Se cepilló los dientes y se duchó lo más rápidamente posible. Después se vistió, algo incómoda por tener que ponerse otra vez la ropa del día anterior, y se peinó con un peine que encontró allí antes de bajar a toda prisa las escaleras.

Se había puesto el impermeable, el sueste y había recogido el bolso cuando recordó el anillo.

Lo encontró en la repisa, donde Jonathan lo había dejado. Lo guardó en el bolso y corrió a la puerta.

—¡Ay! —exclamó al abrirla.

Una mujer mayor, que la miró con la misma sorpresa que Loris a ella, estaba de pie a la puerta con una llave en la mano.

—Lo siento. ¿La he asustado? —le preguntó.

—No sabía que nadie más viviera aquí —dijo Loris, sintiéndose ridícula.

—En realidad no vivo aquí —explicó la mujer—. Solo vengo diariamente para encargarme de los quehaceres.

De mi casa aquí solo tardo unos minutos a pie, de modo que me viene muy bien.

Loris vio su oportunidad y decidió aprovecharla.

–Entonces si usted es de por aquí, tal vez pueda ayudarme. Necesito llamar a un taxi, ¿puede decirme dónde está el teléfono más cercano?

–Oh, si es un taxi lo que quiere, entonces Jeff Middleton es su hombre. Es el dueño de la pequeña granja que hay al final del camino, pero también tienes un taxi.

–Gracias –le sonrió agradecida y bajó las escaleras apresuradamente hasta el camino de piedra.

El suelo seguía húmedo, pero había aclarado por primera vez desde hacía varios días y durante la noche el nivel del río había descendido.

Cuando llegó al final del camino, identificó la pequeña granja del señor Middleton, pero en ese momento oyó el ruido de un coche que se acercaba.

Cruzó apresuradamente una entrada de grava, y se escondió detrás de un gallinero algo destartalado momentos antes de ver la berlina blanca de Jonathan pasar y continuar camino abajo.

–¿Está esperando para los huevos?

La voz la sorprendió y Loris se volvió pegando un respingo. Era un hombre joven de cara rosada, vestido con un suéter azul marino y unos pantalones sucios y viejos.

–No... gracias. Necesito llegar a Londres, y esperaba poder pedir un taxi.

–¿Para cuándo?

–Bueno, para ahora.

–Estoy con usted enseguida. Solo necesito encerrar a las cabras en la cerca. Puede ir metiéndose en el coche si quiere –añadió, señalando un destartalado Ford Cortina que estaba aparcado en el camino.

Se metió dentro y cerró la puerta con fuerza, pensando en la suerte que había tenido de llegar justo a tiempo.

Como estaba ansiosa por marcharse, se le hizo eterno

hasta que el hombre llegó y, después de limpiarse las manos con un trapo grasiento, se colocó al volante.

—Es la segunda llamada que tengo hoy —comentó mientras encendía el motor—. Tuve que llevar al dueño de Fenny Manor a Harefield esta mañana.

A los pocos segundos el coche empezó a avanzar por la grava. Estaban a punto de salir al camino cuando de repente apareció la berlina blanca delante de ellos y les bloqueó el paso.

Jonathan saltó y se acercó, al tiempo que Jeff Middleton bajaba la ventanilla.

—Hola de nuevo, señor Drummond.

—Buenas tardes, Jeff. Veo que tiene a mi invitada con usted.

—Voy a llevar a la señorita a Londres.

—Yo voy para allá, de modo que estaré encantado en llevarla.

—No, gracias, prefiero ir con el señor Middleton.

Ignorando la protesta, Jonathan sacó un pequeño fajo de billetes que cambiaron de mano con facilidad.

—Será mejor que le ahorre el trabajo.

—No puedo decir que no tenga mucho que hacer —concedió Jeff y, metiéndose los billetes en el bolsillo, bajó del coche.

Jonathan dio la vuelta para abrirle la puerta a Loris e, ignorando la mirada furibunda que esta le echó, la ayudó a bajar.

Entonces fueron hasta el Ford blanco donde la ayudó a acomodarse antes de sentarse él al volante.

Permanecieron un rato en silencio, y entonces fue Jonathan el primero en hablar.

—¿Qué te empujó a huir así?

—No estaba huyendo, simplemente marchándome. ¿Qué esperabas que hiciera? ¿Establecer mi residencia permanente?

—¿Sería eso tan malo?

—En realidad nunca me han gustado los *ménage a trois* —dijo con frialdad.

–Si la idea de Elizabeth te disgusta, siempre podría llamar a un exorcista.

–No es la idea de Elizabeth la que me molesta...

–Bueno, no estaba pensando en pedirle a Longton que se viniera a vivir con nosotros.

–Oh, eres imposible –le soltó.

–Si sigues diciendo eso, tal vez acabe acomplejándome –respondió lastimeramente.

–Lo que sí que podrías hacer es mantenerte alejado de mi vida –le dijo con impaciencia.

–¿Es eso lo que de verdad quieres, ahora que ya no te vas a casar con Longton?

Loris respiró hondo para tranquilizarse.

–¿Qué te hace pensar que no voy a casarme con él?

Aunque sabía que su pregunta lo había sorprendido, Jonathan le habló con tranquilidad.

–No te has puesto su anillo.

Ella metió la mano en el bolso y volvió colocarse el anillo en el dedo.

–No pretenderás continuar con la boda, ¿verdad?

–Por supuesto que sí –mintió.

Él apretó los dientes.

–Pensé que lo de anoche significaría algo para ti; que te habría hecho cambiar de opinión.

Intentó decir algo inteligente, pero de pronto sintió un picor y un calor en los ojos y sacudió la cabeza.

–Muy bien, sin contar lo de anoche –dijo en tono áspero–, Longton sigue sin ser el hombre adecuado para ti. Acabas de decirme que no te gustan los *ménage a trois,* pero eso es en lo que te vas a meter si sigues con él. Aunque te desea lo bastante como para casarse contigo, no está listo para renunciar a su amante...

–Eso no es cierto. Me juró que no tiene ninguna y yo lo creo.

Se produjo un breve silencio, entonces, como si se diera cuenta de que no iba a llegar a ningún sitio, Jonathan cambió de táctica.

–¿Dónde está Longton ahora?

—En viaje de negocios.

—¿Entonces no tenías pensado verlo?

—Hasta esta noche, no. Si su avión no se retrasa, estará en mi apartamento sobre las seis y media.

Jonathan no dijo nada más, y condujeron los kilómetros siguientes en silencio. Llegaron a un bonito pub en medio del campo, y Jonathan metió el coche en el aparcamiento y paró el motor.

—Seguramente te apetecerá tomar algo.

Había estado demasiado distraída para pensar en la comida, pero de repente sintió sed.

—Una taza de café no me sentaría mal —concedió.

Se sentaron junto a una ventana que daba a un patio y pidieron café y unos sándwiches.

Loris bebió y comió cabizbaja, distraída con sus pensamientos.

Mientras estudiaba su expresión preocupada, las cejas oscuras y sedosas, los pómulos altos, la nariz pequeña y bien formada y la boca sensual, Jonathan pensó que era la criatura más exquisita que había visto en su vida.

De pronto, ella se dio cuenta de su escrutinio y levantó la cabeza.

—¿En qué estás pensando?

—Estaba pensando en la señora Marchant —reconoció Loris.

—¿Ah, sí?

—¿Hace cuánto que la conoces?

—Bastante tiempo.

—¿Entonces la conocías ya cuando vivías en Estados Unidos?

—Sí. Jane y su marido fueron a visitarme algunas veces.

El comentario de Jonathan le hizo preguntarse si él sería responsable de la ruptura del matrimonio de Jane.

—¿No se disgustaría mucho si se enterara de lo que pasó anoche?

—Lo dudo mucho. Como te he dicho, es una persona

extremadamente tolerante. Loris, no pareces demasiado contenta –comentó Jonathan al ver la cara de su acompañante.

–No puedo comprender cómo una mujer puede ser tan tolerante. ¿Estás seguro de que... ? –de pronto se calló bruscamente.

–¿De qué?

–¿De que de verdad te ama?

–Oh, sí, creo que sí.

Parecía tan tranquilo, tan seguro de sí mismo, que por un momento Loris se quedó callada, preguntándose qué valores tendría aquel hombre y cómo vería él el matrimonio.

Por algunas de las cosa que había dicho, había pensado que tenía principios tradicionales. Pero de repente no estuvo tan segura, y empezó a tener dudas sobre el tipo de hombre que era.

–¿Qué tipo de matrimonio tienes en mente?

Él arqueó una ceja.

–¿Quiero decir, tienes intención de tener uno de esos matrimonios modernos en los que cada uno va por su lado?

–¡Santo Dios, no! En lo que a mí respecta, ese no es un matrimonio verdadero. Quiero un compromiso total por ambas partes, un hogar lleno de cariño y estabilidad donde criar a nuestros hijos.

–¿Entonces después de casado no habrá más noches como la pasada?

–Eso espero... Pero me gustaría que fuera con mi esposa –añadió, al ver su expresión de duda.

Por una parte era la misma respuesta que ella había esperado. Significaba que no se había equivocado con él. Pero al mismo tiempo fue como un cuchillo partiéndole el corazón.

–Creo que deberíamos movernos –dijo él, pasados unos momentos y después de mirar el reloj.

Cuando salieron del pub ya era media tarde. En contraste con la otra vez que habían comido juntos en un pub, el cielo estaba despejado y, aunque hacía frío, brillaba el sol.

Durante el camino a Londres encontraron bastante tráfico, y mientras Jonathan se concentraba en la conducción, Loris se quedó pensativa.

Cuando levantó la cabeza estaba girando por una calle llamada Bladen Place.

—Yo no vivo aquí —dijo ella.

—No, lo sé —se bajó del coche y fue hacia su puerta—. Pero me he parado aquí a enseñarte algo.

Bladen Place era una tranquila calle sin salida. Sus casas de dos plantas, aunque no lujosas, estaban bien construidas y mantenidas, con sus cuidados jardines delanteros.

Cuando Loris bajó, se dio cuenta de que las cortinas de las habitaciones del número 23, donde Jonathan había parado el coche, estaban aún echadas.

Jonathan abrió la verja, subieron por el camino y sacó del bolsillo una llave, con la que abrió la puerta sin hacer ruido.

El vestíbulo era pequeño, pero bien amueblado. Unas escaleras enmoquetadas en rojo conducían a un amplio rellano donde había dos puertas cerradas.

Él la invitó a entrar y ella lo miró, inquieta al ver su comportamiento.

—¿Qué... ?

Se llevó un dedo a los labios.

—Por el bien de todos esperaba poder evitar esto, pero como no veo otro modo de convencerte... —dijo en voz baja—. Sube por las escaleras y abre la puerta de la derecha.

—¿No vas a venir conmigo? —le rogó, repentinamente asustada.

Él sacudió la cabeza.

—Mi presencia no haría sino empeorar las cosas.

Ella se echó hacia atrás, pero él le dio un pequeño empujón.

—¿Vamos, dónde está tu espíritu guerrero?

De muy mala gana, Loris empezó a subir las escaleras. Cuando llegó al rellano miró hacia atrás, pero el vestíbulo estaba vacío y la puerta de entrada cerrada.

Se acercó a la puerta de la derecha sin hacer ruido y puso la mano en el pomo. Entonces lo giró y la abrió.

Allí delante vio a dos personas en una gran cama de matrimonio. Los amantes estaban abrazados, tumbados sobre varios almohadones. Mark tenía los ojos cerrados, estaba dormido, pero la mujer miraba a Loris.

La escena le hizo revivir recuerdos tan amargos de Nigel y su amante que Loris sintió un sabor amargo en la garganta y por un momento pensó que fuera a vomitar.

Pero inmediatamente tuvo claro que aquella mujer no era una cualquiera. Era joven, poco más que una niña, de ojos y cabellos negros, con una expresión de frágil dignidad y un rostro bonito y gentil.

Aunque estaba en silencio, acunando la cabeza de Mark sobre su pecho, su expresión le reveló un tumulto de emociones. Parecía incómoda y aprensiva, y al mismo tiempo curiosamente resuelta.

Loris se dio cuenta de que lo único que no parecía era sorprendida. Había estado esperando que se abriera la puerta.

Como si le hubiera trasmitido la tensión, Mark se movió y gruñó levemente.

Entonces Loris cerró la puerta con cuidado, bajó las escaleras apresuradamente y salió de la casa.

Cuando cerró la verja se oyó el llanto de un bebé.

Al llegar a la acera Jonathan había dado la vuelta con el coche y la esperaba. Desesperada por dejar atrás tan dolorosa escena, saltó al interior y se ató el cinturón en un instante. Jonathan soltó el freno de mano y al momento salían de la calle cortada y se incorporaban al tráfico de la tarde.

–¿Estás segura de que estás bien? –preguntó al verla tan pálida.

–Lo estaré cuando sepa toda la historia.

–¿Estás segura de que quieres hablar de ello ahora mismo?

–¿Por qué no? –preguntó con amargura–. El ver a mi prometido en la cama con otra mujer está empezando a convertirse en un hábito.

–Siento que fuera necesario hacerte pasar ese mal trago –dijo con arrepentimiento–. De no haber seguido empeñada en casarte con Longton te habría ahorrado la sorpresa.

Había sido desde luego una sorpresa, pero nada en comparación a la que podría haberse llevado de haber seguido creyendo que estaba enamorada de Mark.

–¿Cómo conseguiste ingeniarlo todo?

–No lo he montado –Jonathan negó en voz baja.

–Has tenido que hacer algo. Vi en la cara de la chica que me esperaba, y tienes una llave de la puerta.

–Sí, me dio la llave, y es cierto que estaba esperán- dote más o menos a esta hora. Pero no le pidió a Long- ton que fuera a estar con ella, si eso es lo que estás pen- sando. Aparentemente le gusta lo que él llama «un toque de delicia vespertina», y tiene la costumbre de ir a su nido de amor dos o tres veces en semana. Para empe- zar, le resulta más fácil no dejar rastro durante el día. Lo único que necesita decir es que está en viaje de nego- cios, ¿y quién sabe si se ha pasado la mayor parte de ese tiempo en la cama con su querida? Toma por ejemplo hoy. Sencillamente tomó un vuelo anterior para tener unas cuantas horas de margen.

–Sigo sin entender cómo sabes tú todo esto. Cómo te implicaste en esto. Por qué te has molestado tanto; por qué te importa tanto. Tiene que haber algo más aparte de una mera desaprobación, o incluso enemistad...

–Me importa porque la muchacha que has visto con él es Linda Marchant, la cuñada de Jane, y Jane la quiere mucho.

Capítulo 9

ESO LO EXPLICABA todo; por qué Jonathan la había seducido después de la fiesta de San Valentín, por qué la había besado en el vestíbulo de BLC, por qué la había arrastrado hasta Fenny Manor...

En resumen, explicaba por qué se había empeñado tanto en impedir que ella se casara con Mark. Había sido por el bien de la mujer que amaba.

Incluso explicaba por qué Jane Marchant se había mostrado tan dispuesta a colaborar con él...

Loris sintió como si un puño gigante le estrujara el corazón hasta dejárselo seco.

—¿Qué pensaste de Linda? —la tensa pregunta de Jonathan interrumpió sus pensamientos.

—Me pareció una muchacha de aspecto dulce e inocente.

—Desde luego no es una cualquiera. Solo tenía diecisiete años cuando Mark la sedujo por primera vez. Ahora tiene diecinueve, y es una chica muy agradable. Es una verdadera pena que esté tan loca por ese tipo mentiroso y... —se calló bruscamente, y pasado un momento continuó con más tranquilidad—. Créeme, tanto ella como Jane sintieron mucho tener que hacerte esto. Solo accedieron a mi plan porque Linda estaba desesperada por retener junto a ella al padre de su hija, y Jane quiso ayudarla. Espero que puedas perdonarnos a los tres.

—Supongo que debería daros las gracias por salvarme.

Él cazó al vuelo la ironía de sus palabras y frunció el ceño.

–¿Has decidido lo que vas a hacer después? –él le preguntó con delicadeza al ver que ella no decía nada más.

Ella contestó sin vacilar.

–Le devolveré a Mark su anillo.

Y lo haría sin remordimientos.

Jonathan se mostró visiblemente aliviado.

–Cuando te dejé para que subieras sola, me preguntaba si Mark conseguiría encontrar el modo de fingir que todo aquello era un malentendido. Pero como no has estado ni un minuto en la casa, me imaginé que no intentó ni buscar excusas, o que tú no quisiste quedarte a escucharlas.

–Ni siquiera me vio. Estaba dormido.

–Eso evitará muchos problemas. Linda estaba muy preocupada por tener que explicarle cómo habías conseguido saber lo suficiente para estar allí en ese momento, y también cómo habías entrado... A no ser que tengas la intención de contarle todo cuando le devuelvas el anillo.

–No, no pienso. Simplemente le diré que sé que me ha mentido. Entonces, en cuanto a mí respecta, todo habrá terminado. Solo espero que Linda consiga encontrar algo de felicidad a su lado. Ahora sé que yo no habría podido –dijo en tono sombrío, a pesar de sus esfuerzos por conseguir lo contrario.

Jonathan le apretó la mano.

–Encontrarás la felicidad, te lo prometo.

Le resultaba improbable, por decir algo, cuando el hombre de quien se había enamorado la había meramente utilizado para ayudar a la mujer que él amaba.

–Dime una cosa... Me preguntaba si el hecho de que volvieras a Inglaterra con la empresa fue solo una coincidencia, o quisiste venir.

–No fue una coincidencia.

–¿Entonces viniste a propósito para impedir que me casara con Mark?

–Podrías decirlo así.

–Bueno, tu misión ha tenido éxito –dijo–. Pero en el proceso has perdido tu empleo... A no ser que Cosby's te dejara trabajar para ellos en Estados Unidos.

–Estoy seguro de ello. Pero como acabo de comprar Fenny Manor, no quiero volver a Estados Unidos. De todos modos, espero casarme muy pronto.

–Claro.

Él la miró de reojo.

–No pareces muy contenta –comentó.

–¿Y por qué no iba a estarlo? –respondió con desesperación–. Pero estaba pensando que cuando uno tiene que mantener a una mujer es mejor tener unos ingresos. ¿Y si puedo convencer a Mark para que te devuelva tu puesto en Londres?

–¿Y cómo ibas a hacer eso? –preguntó en tono frío.

–No como estás pensando.

–Me alegro. Detestaría tener que partirle la cara después de todo. ¿Entonces, cómo?

–Le haría chantaje.

Él adoptó una expresión divertida.

–No te imagino en el papel de chantajista. Pero continua; me tienes intrigado.

–Bueno, podría salvar su nombre diciendole a mi padre y a todos sus elegantes amigos que hemos decidido que no somos compatibles... O podría amenazarlo con contarles exactamente por qué he decidido romper el compromiso.

Jonathan se echó a reír.

–Sencillo, pero me atrevo a decir que muy efectivo.

Le tomó la mano, se la llevó a los labios y le dio un beso en la palma.

–Gracias, amor mío, te lo agradezco mucho. Sin embargo, no es necesario. No tengo intención de trabajar para Longton.

Conmovida por el gesto, Loris se mordió el labio. Si al menos fuera de verdad su amor...

Tal vez, inconscientemente, lo había deseado desde el día en que se habían conocido. Había sido muy poco tiempo, tan solo unos días, y sin embargo le había dejado una huella imborrable.

Pero en general la experiencia había sido positiva.

De casarse con Mark hubiera terminado tan amargada y desilusionada como su madre. Jonathan, aunque para sus propios fines, la había salvado de ello, y debía estarle agradecida.

Le entristecía no poder formar ya una familia y tener una relación estable, pero prefería eso a cometer la torpeza de hacerlo con Mark.

Sabía ya que Jonathan era todo lo que había soñado en un hombre, que era alguien con quien sería feliz, y la envidia que sintió por Jane Marchant la destrozó por dentro.

El tráfico del viernes por la tarde era muy denso, y se quedaron atascados en medio de una larga cola de vehículos.

Jonathan, que se negaba a ponerse nervioso, puso un poco de música relajante y empezó a silbar suavemente. Loris, cansada por la falta de sueño, apoyó la cabeza en el asiento y cerró los ojos.

—Por fin hemos llegado —dijo Jonathan con desenfado, y Loris se despertó en ese momento.

Algo más descansada, abrió los ojos y vio el bloque de apartamentos donde ella vivía, antes de bajar por la rampa del aparcamiento subterráneo.

Loris se preguntó cómo había sabido exactamente dónde llevarla.

—Me temo que no puedes entrar; es solo para residentes. Se necesita una tarjeta para levantar la barrera.

—¿Quieres decir como esta?

Sacó del bolsillo una tarjeta azul y blanca que pasó por un lector, y al segundo la barrera se levantó obedientemente.

Momentos después aparcaba en una de las plazas.

—¿Esto tampoco está permitido? —le preguntó Jonathan en tono inocente al ver su expresión de asombro.

—No a no ser que seas residente y esta sea tu plaza.

–Pues lo soy y esta es la mía.

–¿Qué? –preguntó, incapaz de comprender.

–He dicho que soy residente, y que esta es mi plaza de garaje.

–Pero aquí es donde yo vivo –objetó.

Él puso cara de asombro.

–¡Caramba! ¿Quiere decir eso que somos vecinos?

–Me gustaría que hablaras en serio alguna vez –dijo ella.

Mientras cruzaban el aparcamiento en dirección a los ascensores, Loris iba intentando darle sentido a todo aquello.

–¿Cómo es que vives aquí?

–Sencillo. Uno de los apartamentos se quedó vacío y lo alquilé.

A veces ocurrían cosas raras, pero con todos los apartamentos en alquiler que había en Londres, aquello le pareció demasiada coincidencia. En ese momento Loris se fijó en su cara de guasa y pensó que iba a seguir tomándole el pelo. Era mejor cambiar de tema.

–¿En qué piso vives?

–En el mismo que tú.

–Ahora me dirás que vives en el apartamento de al lado.

–Me temo que no –dijo con pesar–. Estamos cada uno en un extremo opuesto del edificio.

Cuando el ascensor se detuvo en el piso séptimo, él la siguió y siguió caminando con ella.

–Pensé que vivías al otro extremo.

–Y así es –contestó sin inmutarse.

Al llegar a su puerta, esperó mientras ella sacaba la llave del bolso. Entonces Loris abrió la puerta y se dio la vuelta.

–Gracias –dijo lo más tranquilamente posible–. Supongo que, a no ser que nos encontremos por casualidad, esto es la despedida –le tendió la mano.

–Qué formal –se burló con suavidad.

Ignoró la mano de Loris, la agarró de la barbilla y le dio un beso.

Fue el beso de un amante, lleno de un ardor y una posesividad que la aturdieron. Su beso pareció ofrecerle un compromiso y pedirle una respuesta.

Cuando él finalmente levantó la cabeza, ella lo miró con aquellos increíbles ojos dorados cuyas pupilas estaban dilatadas y brillantes.

Él le echó el brazo a la cintura, la urgió a entrar y cerró la puerta.

—Todos estos pisos son parecidos —dijo cuando entraron en el pequeño salón—. Agradables pero bastante impersonales.

—¿Has entrado conmigo solo para criticar mi apartamento? —le preguntó con ironía.

—Desde luego que no. Hay cosas mucho más importantes que hacer... Me dijiste que Longton venía a las seis y media, de modo que si nada lo ha retenido debería estar aquí de un momento a otro...

—No estarás pensando en estar aquí cuando venga Mark, ¿verdad? —preguntó repentinamente.

—Por supuesto que sí.

—¡No, quiero que marches ahora mismo! —exclamó angustiada, temiendo cualquier problema.

—Me mantendré al margen y te dejaré manejar la situación, pero no tengo intención de dejarte sola.

Loris sabía que estaba pensando en la marca que le había hecho en la muñeca.

—No, en serio, no hay necesidad alguna de quedarse.

—Supón que Longton perdiera los estribos y decidiera utilizar la fuerza para conseguir lo que siempre ha querido.

—No lo haría —susurró algo asustada.

—¿Puedes estar cien por cien segura de eso? ¿Podría?

—Pues yo no tengo intención de arriesgarme —continuó Jonathan con pesar al ver la expresión de duda en el rostro de Loris.

El timbre de la puerta interrumpió la conversación.

–Quédate aquí –le susurró, y cerró la puerta que separaba el salón del vestíbulo antes de contestar.

Vestido con un traje sastre oscuro, Mark estaba allí esperando. Se sorprendió un poco cuando ella no lo invitó a pasar, pero de todos modos se inclinó a darle un beso.

Ella volvió la cabeza bruscamente, de modo que sus labios solo le rozaron la mejilla.

Entonces Mark la miró y frunció el ceño.

–¿Pasa algo?

–Sí –se quitó el anillo de compromiso y se lo devolvió.

Sorprendido al ver el anillo en la palma de su mano, se quedó mirando el aro de diamantes con los ojos muy abiertos.

–¿Qué demonios estás haciendo? –preguntó en tono enfadado–. ¿Por qué devuelves el anillo?

–Nuestro compromiso ha terminado –le dijo ella rotundamente.

–No seas tonta. Vamos a casarnos dentro de una semana.

–No nos vamos a casar y punto. Puedes decirle a todo el mundo que nos dimos cuenta justo a tiempo de que somos incompatibles.

–¿Que somos incompatibles? ¡Por supuesto que no lo somos! No sé lo que ha provocado esto pero... A no ser que sea por haber echado a Drummond –comentó en tono de culpabilidad–. Mira, déjame pasar y lo hablamos.

–No hay nada de qué hablar –insistió Loris, muy nerviosa–. A no ser que quieras contarme dónde has pasado la tarde –al ver que Mark se ponía pálido, ella continuó hablando–. Ya me imaginaba yo que no querrías decir nada.

–No seas idiota, Loris –soltó–. Sabes perfectamente que he estado fuera en viaje de negocios.

–Tal vez estuvieras en viaje de negocios esta mañana, pero esta tarde estabas con tu amante.

–Quienquiera que te haya contado eso ha mentido...

–No es una mentira, y tú lo sabes.

–Créeme...

–Es inútil, Mark. Lo sé.

–No veo cómo puedes saber algo que no es verdad...

–Pero sí que lo es. Estabas en el número 23 de Bla-den Place, que es una tranquila calle sin salida que sale de Bladen Road. Mientras estabas allí, las cortinas del dormitorio estaban echadas y...

Él se estaba poniendo cada vez más colorado.

–¿Cómo demonios has podido saber algo así, a no ser que hayas pedido a alguien que me siga? –cuando ella no lo negó, él le agarró la mano–. De acuerdo, reco-nozco que estaba allí. Pero tú eres la única mujer que significa algo para mí. Solo ha sido sexo, pero cuando estemos casados...

Ella se soltó la mano.

–Ya me has contado lo mismo antes, y no me lo creo. Será mejor que te vayas, Mark.

–Si pudieras perdonarme, olvidarlo todo y casarte conmigo, te prometo que...

–No más promesas –dijo con la conciencia bien clara–. Puedo perdonar y olvidar, pero no estoy prepa-rada para casarme contigo.

–Mira, siento haberte mentido...

–No es solo eso. Me he dado cuenta de que cometí un grave error. No te amo, y no pienso casarme con un hombre al que no amo.

Al ver por su cara que aparentemente estaba disgus-tado de verdad, sintió algo de lástima por él.

–Lo siento Mark, jamás tuve la intención de hacerte daño. Pero todo ha terminado entre nosotros.

Al oír su tono firme, él se metió el anillo en el bolsi-llo y echó a andar hacia los ascensores.

Contenta de que todo hubiera terminado, Loris cerró la puerta, fue al salón y se sentó en una silla.

Jonathan, que estaba mirando por la ventana en di-rección al río, se dio la vuelta.

–¿Te ha resultado muy traumático? –le preguntó en voz baja.

–No habría sido tan malo de no haberme sentido tan mal por lo que he hecho.

–Comparada con Longton, tienes muy poco por lo que sentirte mal.

–No sé cómo puedes tomarte las cosas tan a la ligera –dijo con aspereza–. Sabes muy bien que los dos somos iguales que Mark.

–Aunque estoy de acuerdo en que ninguno de nosotros está totalmente libre de culpa, no creo en absoluto que pertenezcamos a la misma categoría que él –objetó–. Sin embargo, como son casi las siete, debemos dejar la discusión para otro momento.

Le tomó ambas manos y tiró de ella para ayudarla a ponerse de pie.

–Tienes una media hora más o menos para arreglarte y...

–¿Para qué me tengo que arreglar? –lo interrumpió–. No voy a ir a ningún sitio.

–Vamos a salir a cenar.

–Oh, no. Yo...

–¿Quieres quedarte y deprimirte?

–No, por supuesto que no...

–Entonces vamos a cenar a La Ronde, y después pasaremos la noche en...

–¿Estás loco? –gritó ella–. ¡No tengo intención de pasar la noche contigo!

Jonathan suspiró.

–Qué lástima... Justo cuando empezaba a pensar que te iba gustando la idea de ser seducida.

–Como tú ya has conseguido lo que te habías propuesto, no hay necesidad de seducirme más –señaló con amargura.

–No era mi intención –le aseguró en tono afable–. Al menos no esta noche. Esta noche tendremos habitaciones separadas y estaremos bien acompañados. Pero como no tenemos mucho tiempo, te lo explicaré todo después... Ahora, ve a vestirte... Sé buena chica. Ah, y no te olvides de llevarte lo necesario para pasar la noche fuera, una muda, y tu vestido o traje más bonito, por si acaso.

–Pero yo...

–No más discusiones ahora. Todo está arreglado ya –abrió la puerta del cuarto de baño y le dio un leve empujón–. Vamos.

Aturdida, Loris empezó a abrir los cajones y el ropero.

Después de preparar lo necesario para pasar la noche y de sacar la ropa que pensaba ponerse, entró en el cuarto de baño, se desnudó y se metió en la ducha.

Lista y perfumada, se recogió la melena en un moño informal y se puso un vestido de seda que le llegaba a media pantorrilla. La combinación de colores terrosos de la tela entonaba con el color de sus ojos.

Recogió su pequeña maleta y abrió al puerta que daba al salón, donde Jonathan la esperaba sentado en una silla, mirando distraídamente hacia el suelo, ensimismado.

Debía de haber estado en su apartamento mientras tanto, porque estaba recién afeitado y se había puesto un impecable traje de etiqueta.

Por un instante lo observó sin que él la viera, empapándose de la belleza de su esbelta figura, de su egregio perfil.

En ese momento él alzó la vista y la miró, como si su escrutinio hubiera penetrado su conciencia. En su rostro había una expresión que Loris jamás había visto. Un gesto de duda, de incertidumbre, como si de pronto hubiera perdido esa confianza en sí mismo y en lo que estuviera planeando.

Pero casi al segundo la expresión desapareció y fue sustituida por una de calma.

La miró despacio de arriba abajo.

–¡Vaya... ! –exclamó boquiabierto–. Estás deslumbrante.

Absurdamente complacida, Loris sintió que se ponía colorada.

–Y no te has puesto carmín. ¡Mejor aún!

–¿No te gusta el carmín?

–Te prefiero sin él. Así puedo besarte.

Antes de que ella pudiera objetar, él puso en práctica sus palabras.

Cuando él la soltó, ella protestó débilmente:

–No deberías besarme. No es justo para la señora Marchant.

–¿Dejarás de preocuparte si te digo que a Jane no le importa lo más mínimo?

–No –contestó Loris–. Debería importarle. Fingir que no le importa la coloca en la misma categoría que a Linda. ¿Es eso lo que tú quieres?

–¡Que Dios me perdone! –Jonathan exclamó en tono pío, y entonces agarró la maleta de Loris y fue hacia la puerta–. Si no nos movemos pronto vamos a llegar tarde.

El tráfico de la noche era denso, como de costumbre, y llegaron a Mayfair tan solo unos minutos antes de las ocho. Jonathan paró el coche delante de un restaurante.

La Ronde era un local moderno e imponente, un edificio circular de una sola planta, con un tejado que sobresalía por encima de los muros y un montón de ventanas inclinadas con cristales ahumados.

Después de ayudarla a salir, Jonathan le dio las llaves del coche a uno de los mozos encargados de aparcar los coches.

Loris notó que se le daba la misma consideración que al hombre que les había precedido, conduciendo un Rolls Royce.

Le colocó la mano a la cintura y la condujo hasta el vestíbulo, donde inmediatamente fueron saludados por un hombre de pelo cano vestido con un traje impecable.

–Buenas noches, señor Drummond. El resto del grupo ya ha llegado y los espera en el bar.

–Gracias, vamos para allá entonces –respondió Jonathan como si estuviera en su casa.

Preguntándose quién sería «el resto del grupo», Loris se dejó conducir hasta el bar, donde había varias personas muy bien vestidas sentadas en taburetes o alrededor de mesas de superficie de cristal.

Jonathan la condujo hacia una de las mesas donde había una joven pareja charlando.

La mujer, que estaba sentada de espaldas a ellos, tenía el pelo rubio y rizado; mientras que su apuesto acompañante era moreno.

Al verlos, el hombre se puso de pie para saludarlos y esbozó una agradable sonrisa. En ese mismo momento su acompañante volvió la cabeza.

La mujer que estaba con él era Jane Marchant.

Loris aguantó la respiración. De ningún modo podría soportar pasar una velada con Jane Marchant, y habría echado a correr de no haber sido porque Jonathan le apretó con más fuerza la cintura y la empujó suavemente hacia delante.

–Ya conoces a mi hermana Jane...

¡Hermana! ¡Jane Marchant era la hermana de Jonathan! Loris intentó no sonrojarse al pensar en todas las conclusiones a las que había llegado.

–Hola de nuevo –Jane Marchant, muy bonita con un vestido azul plomo, saludó a Loris con una sonrisa vacilante.

–Y este de David Marchant, el marido de Jane. David, quiero presentarte a Loris Bergman...

Loris le estrechó la mano aturdida, como si flotara, e inmediatamente pensó que David Marchant tenía todo el aspecto de ser un hombre muy agradable.

–Me alegro de conocerte. Parece que mi esposa y mi cuñado te han vuelto la vida del revés.

–¡Eso no tenías que decirlo! –lo regañó Jane.

–De todos modos es cierto, ¿verdad? –le preguntó a Loris, impertérrito.

–Muy cierto –concedió Loris, y se sonrieron como conspiradores.

–Debo reconocer que le debo una disculpa, señorita Bergman –Jane sonrió, visiblemente aliviada.

–Por favor, llámame Loris. Y no hay necesidad de disculparse. Solo espero que las cosas le vayan bien a tu cuñada.

Jonathan le tomó la mano a Loris y le dio un apretón justo en el momento en que llegó maître y los condujo a su mesa.

El restaurante era espectacular, con sus mesas montadas con copas de cristal y flores frescas, muy espaciadas y colocadas como los radios de una rueda.

–¿No os parece precioso? –comentó Jane a Loris–. Me alegro tanto de que hayas decidido venir. Me preguntaba si Jonathan se las ingeniaría para convencerte.

–Ha habido un momento en el pensé que ni siquiera utilizando todo mi encanto sería suficiente para hacerlo –dijo con ironía.

–Encanto, y un cuerno –respondió Loris–. Sencillamente me arrastró hasta aquí.

Todos se echaron a reír y, en un ambiente ya distendido, se sentaron a la mesa.

La velada resultó ser un éxito. Tanto Jane como su esposo eran encantadores y extrovertidos, y mientras disfrutaban de una excelente cena y de un champán de reserva, la conversación fluyó con facilidad.

En cuanto les retiraron los platos del postre, Jane agarró su bolso y sonrió.

–Creo que ya es hora de que nos marchemos. Así Loris y tú podréis charlar –le dijo a Jonathan.

Ambos hombres se levantaron con ella y David le retiró la silla.

–¿No os quedáis a tomar café? –preguntó Loris, sorprendida por la repentina decisión de marcharse.

Jane se dio unas palmadas en el vientre, todavía plano.

–Desde que me quedé embarazada, el café y el té me dan asco... –anunció con una sonrisa.

–Y aparte de eso, como futuros padres necesitamos

nuestra ración de sueño –dijo David, echándole el brazo por los hombros.

–Gracias a los dos por esta velada tan encantadora –añadió Jane–. Espero veros por la mañana –añadió en tono vacilante.

David sonrió a Loris y le dio a Jonathan una palmada en el hombro antes de volverse para seguir a su esposa.

–¡Por fin solos! –exclamó Jonathan; estiró el brazo, le agarró la mano y le besó la palma.

El romántico gesto la conmovió.

–Espero que la velada no haya sido demasiado para ti.

–En absoluto –dijo con voz algo temblorosa–. Tanto tu hermana como su esposo me han gustado mucho.

–Me alegro.

–¿Por qué no me dijiste que era tu hermana? –Loris preguntó–. Debiste de haberte dado cuenta de que yo pensaba que era la mujer con la que querías casarte.

–Sí, es cierto –reconoció.

–¿Entonces por qué me dejaste que continuara pensándolo?

–Te lo diré más tarde. ¿Mientras tanto, cuéntame tú qué te hizo llegar a esa conclusión?

–Me habías mencionado previamente que tenías planes para casarte, pero que la mujer en cuestión tenía una relación con otra persona. De modo que cuando Jane se presentó como señora Marchant y tú me dijiste que la querías y que ella a ti también, me pareció lógico que ella fuera la persona...

Cuando él no dijo nada, ella añadió:

–Pero es evidente que esperas casarte con otra.

–Eso es.

Él no le estaba dando ninguna ayuda, pero como necesitaba saberlo, Loris continuó preguntando.

–Y creo que dijiste que pronto, ¿no?

–Muy pronto.

–Supongo que estarás esperando a que la relación que tiene ella termine.

–Gracias al Señor, ya ha terminado. Pero tal vez me cueste trabajo convencerla para que se case con un hombre del que su familia sin duda objetará y que acaba de ser despedido.

–¿Y crees que esas dos cosas le importarán a ella?

–¿No te importarían a ti?

–Si quisiera casarme con el hombre, no.

–¿Y quieres?

–¿El qué?

–¿Casarte conmigo?

Pasado un momento, ella preguntó en voz ronca:

–¿Esto que es? ¿Una broma?

–Más que eso me parece una proposición.

–¡Una proposición!

–Reconozco que no es tierna, ni romántica como las de las novelas...

–Me gustaría que hablaras en serio.

–Jamás he dicho nada tan en serio en mi vida –la miró con intensidad.

–No puede ser que yo sea...

–¿La mujer con la que quiero casarme? ¿La mujer de mis sueños? La misma.

–Pero si apenas hace una semana que me viste por primera vez.

–En realidad hace más tiempo –la contradijo–. Te vi por primera vez cuando vine a Inglaterra hará unas seis semanas. Un día entraste en las oficinas. Imagino que habrías quedado a comer con Longton. Supe entonces que quería casarme contigo, y que ayudar a Linda era algo secundario. Pero hacer planes lleva su tiempo, y no podía permitirme error alguno. Me facilitó mucho el hecho de que Longton y tú os pelearais durante la fiesta y que él se largara con Pamela. Si ese pequeño plan no hubiera tenido éxito, tendría que haber pensado en otra manera de acercarme a ti...

–¿Qué quieres decir con «si ese pequeño plan no hubiera tenido éxito»? Es imposible que tuvieras nada que ver con lo que hicieron Mark y Pamela...

–Tengo que confesarte algo. En realidad, no existe nadie con el nombre de Pamela Gresham. Su nombre era Pamela Bradley, y la contraté en una, esto... agencia de señoritas de compañía...

–¡Contrataste a una prostituta! ¿Cómo pudiste hacer una cosa así?

–Todo vale en el amor y la guerra, cariño. Y si Longton hubiera sido algo más decente, no habría actuado como actuó. No pongas esa cara. Debes entender que no te amaba más de lo que tú lo amabas a él.

–¿Qué te hace estar tan seguro de que no lo amaba?

–No eres del tipo de mujer que podría engañar al hombre amado. El hecho de pasar la noche conmigo me demostró que no lo amabas. Pero quería que te dieras cuenta por ti misma y lo reconocieras. Sin embargo, nada más verte la cara al día siguiente supe que tenía por delante una ardua tarea. Más tarde, cuando fuimos al pub, aunque dijiste que amabas a Longton, supe que solo te estabas engañando a ti misma, y esperé contra toda esperanza que si se producía un altercado, volvieras a Londres conmigo. Pero cuando le contaste la verdad, que te habías acostado conmigo, y él te «perdonó» tan magnánimamente, a pesar de no creerte, estaba de nuevo en el principio. Por eso fue necesario implicar a Jane. Lo que hizo fue tanto por mí, como por Linda.

–Aún no me has dicho por qué me dejaste que pensara que Jane era la mujer con la que esperabas casarte.

–Quería ver si, creyendo eso, seguirías acostándote conmigo. El hacerlo me dijo mucho de ti.

–No lo entiendo –dijo Loris muy confusa.

–Dejando a Longton ya al margen, no me pareciste el tipo de mujer que pudiera acostarse con el hombre de otra a no ser que te resultara inevitable –al ver que se sonrojaba, continuó–. Necesitaba estar listo para completar los planes.

–¿Qué planes? –le preguntó con sospecha.

–Los de nuestra boda. Ya había conseguido un permiso especial, pero aún quedaban cosas por organizar.

Por eso fui a Harefield. Pero me dejaste helado cuando intentaste huir nada más darme la vuelta, e insististe en que aún tenías la intención de casarte con Longton. Por eso me vi obligado a llevarte a Bladen Place en lugar de ir a comprar un vestido de novia, como había esperado. Y, hablando de vestidos de novia, aún no me has dicho que sí...

Parecía tan confiado, tan seguro de su respuesta, mientras que Loris se sentía tan aturdida y confusa. ¡Ya tenía incluso un permiso especial!

Él la miró con curiosidad y añadió:

–Debo avisarte de que si no dices sí inmediatamente, tendré que tomarte entre mis brazos y besarte hasta que lo hagas.

–No puedes besarme aquí, delante de todo el mundo –protestó ella.

–¿Quieres apostar algo?

–Sí.

–¿Eso es que sí quieres apostar, o que sí quieres casarte conmigo?

–Sí, quiero casarme contigo.

–Bien –Jonathan, que se había levantado, se volvió a sentar–. Eso quiere decir que podremos volver aquí. ¿Qué ocurre? –preguntó al ver su expresiva cara–. ¿Qué te pasa? ¿No te gusta el sitio?

–Oh, sí... Pero seguramente será muy caro... –añadió con timidez.

–Entiendo. ¿Te importará mucho no ser rica?

–¿Por qué iba a importarme? Nunca he sido rica.

–Tal vez tus padres no te hayan dado mucho dinero, pero tu familia es rica.

–¿Y eso te molesta?

Él le sonrió.

–Ya no. Bueno, vayámonos de aquí. Me muero por besarte.

Capítulo 10

LA ORGANIZACIÓN de La Ronde era muy eficiente, y para cuando Jonathan había pagado la factura y hubieron salido, el coche estaba fuera y uno de los porteros los esperaba con la puerta abierta.

Momentos después se incorporaron al intenso tráfico y enfilaron hacia las afueras de la ciudad.

–¿Adónde vamos?

–A la Granja Harefield. Vamos a pasar la noche con Jane y David. Ya está todo arreglado para que nos casemos en la iglesia del pueblo a las doce –dijo–. Aunque será una boda muy tranquila, supongo que te gustaría que tu familia estuviera allí con nosotros.

–Pues claro. Pero no creo que quieran ir.

–¿No te gustaría que tu padre te entregara en matrimonio?

–Dudo que lo hiciera –dijo sin mentir–. No se va a poner muy contento.

–No. No sé por qué me parece que después de Longton, yo lo sorprenderé mucho.

–Para empezar, es tan repentino. Apenas quedará tiempo para decírselo.

–Los llamaré o les enviaré un correo electrónico en cuanto lleguemos a Harefield.

–Me parece que vas a perder el tiempo.

–Conseguiré que vayan –dijo con seguridad–. Pero en este momento tengo algo mucho más importante en mente.

Se desvió por una entrada de la carretera, y apagó el motor y las luces.

El pulso se le aceleró cuando él desabrochó ambos cinturones y la tomó entre sus brazos.

La besó con suavidad, casi como si quisiera jugar con ella, pero cuando ella separó los labios al sentir la ligera presión de los de él, Jonathan empezó a explorar su boca con una pasión tan ávida que a Loris se le encogió el corazón.

Cuando finalmente él levantó la cabeza, ella ya hacía rato que había dejado de pensar, y si él hubiera sugerido que hicieran el amor allí mismo, no habría puesto objeción.

Pero, conforme a su palabra, se retiró, abrochó de nuevo los cinturones y pasados unos minutos estaban de nuevo en camino.

Tremendamente conmovida por el breve interludio, Loris se preguntó cómo era posible que hasta entonces ningún hombre la hubiera podido emocionar del modo en que lo hacía Jonathan.

Tenía tal poder sobre ella que se habría sentido asustada si él no la hubiera amado tanto como ella a él. Pero debía de amarla mucho, de otro modo no se habría tomado tanta molestia para casarse con ella.

Loris experimentó una gran sensación de bienestar al pensar que en menos de veinticuatro horas sería su esposa...

Al llegar a la Granja Harefield, Loris se sorprendió al ver una enorme casa de campo en lugar de la hogareña granja que había esperado.

Era un edificio muy señorial, con muros cubiertos de enredadera y largas ventanas flanqueando una bonita puerta de entrada.

Recordó que Jonathan le había comentado que su hermana se había casado con el hijo de un terrateniente local.

–Los padres de David murieron hará unos años, de modo que él y Jane administran la finca ahora –le explicó Jonathan mientras la ayudaba a sacar la maleta.

Cruzaron un espacioso vestíbulo y subieron al primer piso, donde Jonathan abrió la primera puerta de la izquierda.

–Jane dijo que, si todo iba bien, te prepararía esta habitación.

Era una habitación agradable, con tarima de roble oscuro, muebles antiguos bien cuidados y una chimenea donde unos troncos ardían alegremente. Un moderno cuarto de baño adjunto había sido incorporado.

–Yo estoy en la de al lado –dejó su maleta sobre la cama–. Tengo que atender unas cuantas cosas antes de venir –ella levantó un poco la cara para que él la besara, pero Jonathan sacudió la cabeza–. Será mejor que no te bese. Si te doy un solo beso, tal vez no pueda parar.

Decepcionada, levantó la mano y le acarició la mejilla.

–¿E importaría eso?

–¿Chica, estás intentando tentarme?

–Sí, tengo que recuperar el tiempo perdido.

Él se echó a reír.

–Bueno, como me puedo resistir a casi todo excepto a la tentación, volveré en cosa de media hora.

Algo sorprendida por su atrevimiento, Loris decidió no ponerse camisón, y se dejó el cabello suelto sobre los hombros desnudos. Estaba tumbada contemplando el oscilar de las llamas cuando entró Jonathan.

Estaba recién duchado y afeitado, y llevaba puesto un albornoz corto. Se lo quitó, se tumbó junto a ella y empezó a frotar la cara entre sus pechos.

–Mmm... qué bien hueles; como una suave noche de verano.

Con su lengua húmeda y caliente primero le lamió los pezones, y seguidamente empezó a succionárselos.

Ella se estremeció de placer, que se hizo aún más intenso cuando Jonathan empezó a acariciarle el otro pecho sin abandonar el primero. Cuando pensó que no podría soportar más aquel exquisito tormento, Jonathan le deslizó la mano que tenía libre por el vientre para continuar explorando.

Loris jadeó al sentir una espiral de deseo arremolinándose en su vientre. Cuando, sin darse cuenta siquiera, ella empezó a mover las caderas, él le retiró la mano.

Loris susurró su nombre en tono suplicante.

Él le besó los labios.

–No hay necesidad de correr, amor mío –le dijo en voz baja–. Despacio disfrutaremos muchísimo. Quiero experimentar un poco, aprender los lugares donde más te gusta que te acaricie, para que nuestra noche de bodas sea memorable.

Empezó a mover el dedo índice casi imperceptiblemente, con una suave presión.

–¿Te gusta eso?

Por toda respuesta Loris emitió un suave gemido.

Cuando Loris se despertó estaba sola en la cama y la luz del día entraba por las pesadas cortinas de terciopelo.

Inmediatamente sintió una felicidad plena. La noche pasada había sido una noche de ternura, amor, pasión y éxtasis y, para rematarla, ese día era el día de su boda.

No importaba que fuera a ser una boda discreta, ni que ninguno de los dos no tuviera demasiado dinero, ni que Jonathan estuviera sin trabajo. Lo único que importaba era tener su amor...

Se oyeron unos suaves golpes a la puerta.

–Pasa.

Una criada joven con una bandeja en la mano entró y la dejó con cuidado junto a la cama antes de descorrer las cortinas.

–La señora Marchant me ha dicho que siente molestarla, pero que son casi las once y cuarto.

–¡Las once y cuarto! –exclamó Loris–. No me dará tiempo a arreglarme.

–Dijo que en cuanto desayune usted, vendrá a echarle una mano... Ah, y el señor Drummond dijo que comiera algo, que no quería que se desmayara en el altar.

La chica hizo una pequeña reverencia y salió.

En cuanto Loris comió una rebanada de pan y se tomó el café, sacó el traje que se había llevado, unas braguitas limpias y unas medias, y corrió al cuarto de baño a ducharse y cepillarse los dientes.

Cuando salió unos minutos después Jane Marchant estaba esperando, vestida con un elegante traje de chaqueta azul marino y sombrero. Sobre la cama había varias cajas de distintos tamaños y un ramo de perfumadas flores silvestres.

–Veo que ya tienes un traje –observó Jane–. Pero me preguntaba si te gustaría más ponerte este –destapó la caja más grande y sacó un exquisito vestido de novia color marfil–. Tenemos más o menos la misma talla, y aunque ya tiene siete años, estas líneas tan clásicas no pasan de moda.

Loris tragó saliva, pero estaba muda de asombro.

–Por favor, si no te gusta dímelo. Te prometo que no me sentiré ofendida.

–Me encantaría ponérmelo –dijo al ver el vestido.

Claramente encantada, Jane ayudó a Loris a ponérselo y le abrochó la fila de pequeños botones forrados en tela que lo cerraban a la espalda hasta por debajo de la cintura.

El vestido le sentaba como un guante.

Al ver su reflejo en el espejo de cuerpo entero, Loris sonrió.

–Es precioso –susurró.

Jane sonrió también.

–Los accesorios están todos ahí si quieres ponértelos. Tengo los zapatos, el tocado y esto –dijo, sacando una liga blanca bordada con florecitas azules.

Después de colocarse la liga, Loris se probó los zapatos, que afortunadamente eran de su número.

–¿Vas a llevar el pelo suelto o recogido? –le preguntó Jane con expectación.

–Creo que recogido.

Cuando tenía el moño hecho, Loris vio que el tocado, una sencilla diadema de brillantes de la que colgaba un velo de fina gasa, le quedaba de maravilla.

–Toda lista, y encima nos sobran cinco minutos –dijo Jane, pasándole a Loris el ramo–. Además, estás absolutamente fantástica.

–Gracias a ti...

Unos golpes a la puerta la interrumpieron.

–Ese debe de ser David –dijo Jane–. Se ofreció a acompañarte a la iglesia, si te parece bien –entonces se puso seria–. No puedo decirte lo contenta que estoy de que te cases con Jonathan. Es un hombre maravilloso –con los ojos llenos de lágrimas se apresuró a abrir la puerta y su marido entró.

Después de mirar a Loris con apreciación, David asintió.

–Estás guapísima, Loris. Mi cuñado es un hombre muy afortunado... ¿Todo listo?

–Sí.

Le ofreció el brazo.

–Entonces, adelante. Tengo el coche esperando –dijo.

Ayudó a Loris a subir a un Rolls Royce decorado con lazos blancos y salvaron la corta distancia hasta la pequeña iglesia del pueblo, cuyo interior estaba lleno de flores. Los recibió el organista tocando a Bach y un párroco de cabellos canosos.

Tan solo había unos cuantos asistentes, entres los cuales estaban su madre, sentada en el primer banco, y su padre, que estaba sentado al fondo de la iglesia.

Para sorpresa de Loris, ocupó el lugar de David y la llevó hasta el altar, mientras Simon, claramente a punto de interpretar el papel de padrino del novio, esperaba en las escaleras del coro con Jonathan.

El corto servicio pasó como un sueño; los votos, pronunciados con suavidad, el intercambio de alianzas, el novio, apuesto y confiado retirándole el velo para besarla, y finalmente las firmas en el registro.

En la sacristía, su madre la abrazó con los ojos llenos de lágrimas.

—Espero que seas muy feliz.

Su padre, en tono seco y sin sonreír, simplemente añadió:

—Espero que sepas lo que estás haciendo.

Simon le dio un abrazo.

—Te deseo lo mejor, Loris.

Entonces un hombre alto de pelo canoso que no había visto antes se acercó a ella.

—¿Entonces tú eres Loris? Mi sobrino tiene muy buen gusto.

Momentos después estaban todos fuera, bajo el pálido sol de invierno, y el fotógrafo de Harefield empezó a tomarles fotos.

—Es hora de que vayamos a cambiarnos —le dijo Jonathan a su esposa al oído—. Jane, David y Simon se ocuparán del banquete y explicarán nuestra ausencia.

—¿Por qué nos marchamos tan pronto?

—Porque tenemos que tomar un avión, y vamos un poco mal de tiempo.

Le agarró la mano y, bajo una lluvia de arroz, corrieron por el camino hasta donde los esperaba el Rolls.

A las siete de la tarde estaban en París, en el Hotel L'Epic, donde el encargado les estaba enseñando la lujosa suite de luna de miel.

Aquella era otra sorpresa más en un día lleno de sorpresas.

Cuando *monsieur* Duval se retiró, Jonathan abrió la botella de champán y sirvió dos copas.

—¿Cansada? —le preguntó mientras daba un trago.

—Un poco —reconoció ella—. Será de la emoción.

—¿Tienes hambre ya?

–Todavía no demasiada.

Habían comido un sándwich en el avión.

–¿Entonces te parece que comamos a las ocho y media?

–Sí, muy bien.

–¿Quieres bajar? ¿O pedimos que nos la suban?

–Creo que prefiero que nos la suban.

No tenía nada apropiado para bajar a cenar en aquel hotel de primera clase.

–En cuanto abran las tiendas iremos a comprarte un vestuario apropiado –dijo Jonathan, como si le hubiera adivinado el pensamiento.

Loris, que sabía que aquella suite habría costado un ojo de la cara, se apresuró a decir:

–Ah, no. No necesito ropa nueva.

–Como casi no has traído nada, si no te compras algo tendremos que pasarnos el resto de nuestra luna de miel en la cama –la miró con picardía–. Claro que, no es tan mala idea.

Mientras él pedía la cena en un francés fluido, Loris admiró la sencilla alianza de oro que Jonathan le había puesto en el dedo. Todo había ido tan deprisa que no había tenido tiempo de preguntarse si habría hecho bien casándose con un hombre al que apenas conocía.

Jonathan colgó el teléfono y se acercó a ella por la espalda para darle un beso en la nuca, antes de abrazarla y darle la vuelta para besarla mejor.

Su apasionado beso la dejó aturdida y temblorosa, y Loris se agarró a él para no caerse.

Él la tomó en brazos, fue hacia el suntuoso sofá y la tumbó sobre él. Entonces se sentó a su lado.

–Al fin mía –exclamó.

–Lo dices como si llevaras años esperando –comentó en tono sensual.

–Y así es.

Loris esperó un momento, pensando que tal vez él estuviera tomándole el pelo, pero algo en su modo de hablar le hizo dudar de eso.

De pronto, recordó que él había hablado de un amor no correspondido. Entonces se incorporó y lo miró a los ojos.

–Tú me conociste en el pasado –afirmó–. ¿Pero cuándo fue?

–Acababas de empezar en la Escuela de Bellas Artes y yo había terminado la carrera y estaba trabajando para tu padre. Empecé a ir a Noches Bohemias, si recuerdas es donde muchos estudiantes de bellas artes iban a tomar café y comer pizza por poco dinero; y después de muchas semanas de adorarte desde lejos, me armé de valor y fui a hablar contigo. Cuando descubrí que te gustaba el cine, te pedí que vinieras conmigo al Carlton...

–Johnny... Claro...

Ambos habían sido tímidos, pero había surgido entre ellos una afinidad instantánea, y en aquel entonces ella había pensado que él podría ser esa persona especial que llevaba tiempo esperando.

–Desde que te vi el día de la fiesta de San Valentín, tuve la sensación de que ya te conocía...

–Pero había contado tan poco en tu vida que ni siquiera me reconociste. .

–Bueno, si recuerdas bien, en la fiesta te pregunté si nos habíamos visto antes y tú me dijiste que no. ¿Estás enfadado?

–Digamos decepcionado.

–Pero han pasado muchos años, y fue durante poco tiempo. Me dijiste que te llamabas Johnny Dudley, y estabas tan distinto entonces. Tenías aspecto de niño...

–¿Por qué accediste a salir conmigo? –preguntó él con curiosidad.

–Porque quería hacerlo.

–No viniste a la cita.

–Quise ir, pero era el cumpleaños de mi padre y me obligaron a ir a cenar con ellos fuera. Cuando le dije que tenía una cita y con quién, me dijo que te escribiera una nota y que él se ocuparía de que te llegara –Jonathan la escuchaba muy serio–. Al día siguiente fui a la oficina esperando verte, pero me dijeron que no habías ido a trabajar. Unos días después, cuando le pregunté a mi padre otra vez, me dijo que te habías largado sin decir palabra. ¿Por qué te fuiste tan repentinamente?

–No me fui. Para ser exactos, me echaron.

–¿Que te echaron?

–Por tomarme demasiadas confianzas con la hija del jefe.

Loris lo miró sobrecogida mientras él continuaba hablando.

–En lugar de darme tu nota, tu padre me dio la carta de despido. Dijo que no quería que ninguno de sus empleados se aprovechara de su hija. Como un bobo, yo le dije que iba en serio y que quería casarme contigo. Él se echó a reír antes de decir que yo era un don nadie y que no tenía el dinero suficiente para merecerte; que no era, ni jamás sería, digno de limpiarte los zapatos, menos aún de casarme contigo. Yo le dije que ya eras mayor para decidir, y que habías quedado conmigo esa noche. Pero él me dijo que ni lo soñara, que esa noche cenarías con ellos en Maxim's, y que te acompañaría el hijo de sir Denzyl Roberts. Yo no quise creerlo y estuve esperando a la puerta de Maxim's hasta que llegasteis. Ibas acompañada por un hombre apuesto de pelo rubio. Te tenía el brazo echado a la cintura.

–Ese era Nigel –dijo.

Jonathan murmuró alto entre dientes antes de continuar.

–Espero que tu padre esté orgulloso de sí mismo.

–Para ser sincera, es probable que fuera mi madre la que lo influenciara para comportarse así. No creo que a mi padre le hubiera importado tanto.

–Le importaba lo suficiente para no querer que te casaras con alguien sin dinero. Me habría encantado verle la cara cuando le di la noticia.

Loris entendió por fin por qué Jonathan le había apremiado para que se casara con él, y se quedó pálida.

No se había casado con ella por amor, sino para sal-
dar un viejo rencor. ¿Cuántas veces le había dicho que
se dejara de bromas? En esos momentos entendió la seriedad con la que había actuado desde un principio, y la
invadió la desesperación.

—Entonces por eso te empeñaste en conseguir que
mis padres estuvieran en la iglesia, para saborear tu
triunfo. Los odias a los dos, ¿verdad?

—En absoluto —rechazó con tranquilidad—. Tu madre
no puede evitar ser como es, y tu padre me ha hecho un
gran favor. De no haber sido por él, tal vez me hubiera
faltado ambición. Me dio un incentivo para llegar
donde estoy hoy en día.

—En un hotel de París que ninguno de los dos podemos permitirnos —dijo con amargura—. Bueno, en lo que
a mí respecta no tienes por qué preocuparte, porque me
marcho ahora mismo.

Cuando intentó levantarse, él se lo impidió.

—Me temo que no puedes marcharte.

—¿Por qué no? Después de todo, has conseguido todo
lo que te propusiste. Te has casado con la hija del jefe y
le has dado a tu cuñada la oportunidad de estar con
Mark. ¿Qué más podrías querer?

—Pasar el resto de mi vida contigo.

—No tengo intención de quedarme junto a un hombre
que no me ama, que solo me ha utilizado para vengarse
de mi padre.

—Reconozco que en parte ha sido para darle a tu padre en las narices, pero solo una parte muy pequeña. Me
enamoré de ti a los dieciocho años, y desde ese momento nunca he dejado de amarte. Durante los últimos
años he trabajado catorce horas diarias con una sola
cosa en mente. Tú. No me atrevía a esperar que cuando
llegara a donde quería llegar estuvieras todavía libre.
Casi había conseguido mi objetivo cuando, desgraciadamente, Jane me contó lo de tu compromiso...

Loris lo escuchaba aturdida.

—¿Es que no quieres saber a dónde he conseguido

llegar? –le preguntó Jonathan al ver su expresión interrogante.

–Si quieres decírmelo –le dijo en tono soñador.

–Creo que será mejor, para que dejes de preocuparte de cómo voy a pagar la factura. No trabajo para Cosby's. Soy el dueño.

–¿Qué has dicho? –le preguntó Loris, pensando que le había entendido mal.

–Soy el dueño de Cosby's –repitió pacientemente.

–¿El dueño? –se quedó boquiabierta–. ¿Entonces por qué fingiste ser el secretario personal del señor Grant?

–No quería que nadie se enterar de quién era yo antes de producirse la fusión.

–¿Pero por qué no me lo dijiste después?

–Necesitaba saber si te casarías conmigo pensando que no tenía nada. Cuando accediste, supe que me amabas.

Él se inclinó hacia delante para darle un beso, pero ella le puso las manos en el pecho.

–¿Pasa algo?

–Quiero que me respondas a algunas preguntas antes de besarme.

–Eres una mujer dura –se quejó, pero enseguida se dio cuenta de que no daría su brazo a torcer–. De acuerdo, pregunta.

–Mi padre no sabe que eres su jefe, ¿no es así?

–Al final tuve que comentárselo para conseguir que fuera a nuestra boda. ¿Algo más?

–¿Te llamas en realidad Jonathan Drummond?

–Sí.

–¿Entonces por qué me dijiste que te llamabas Dudley cuando nos conocimos por primera vez?

–Mi abuelo, un hombre dictatorial, dirigía la familia con mano de hierro. Incluso cuando sus dos hijos fueron adultos intentó dirigir sus vidas. Su hijo mayor, mi tío Hugh, cedió a la presión y siguió las sugerencias del abuelo. Pero mi padre quería ser médico y, lo que era peor, médico de cabecera en lugar de especialista en

Harley Street, lo cual enfadó mucho al abuelo. Tuvieron una discusión tremenda y el abuelo acusó a su hijo menor, mi padre, de intentar desacreditar el apellido Drummond. Entonces le dijo que si no acataba su voluntad, que debía marcharse. Mi padre dejó la casa y, tomando la decisión de cortar todos los vínculos con su padre, se cambió el apellido a Dudley, el nombre de soltera de su madre.

—Entonces el «tío Hugh» debe de ser sir Hugh Drummond, y la ancestral casa de Merriton Hall...

—Eso es.

—Pero cuando mi madre te preguntó si tenías relación con sir Hugh Drummond, dijiste...

—Ah, pero ella me preguntó específicamente si era mi padre, y dije que mi padre era un modesto médico de cabecera. Que era la verdad. Jamás se hizo rico, pero fue amado y respetado, y cuando murió de una infección que le contagió uno de sus pacientes toda la ciudad se puso de luto. El abuelo, que para entonces ya era muy mayor, fue al funeral. Parece ser que llevaba un tiempo arrepentido del distanciamiento que él mismo había provocado, pero el orgullo y la obstinación le habían impedido dar el primer paso para acercarse a su hijo. Hugh no se había casado, de modo que yo era su único nieto. Me rogó que me cambiara el apellido a Drummond, para continuar con el nombre, y me prometió que cuando Hugh muriera todo pasaría a mí. Le dije con educación que no me interesaba, y él me respondió con los mismos modales que era tan terco como mi padre. Mi madre, que cosa rara sintió lástima del viejo y que pensaba que sería un error dejar que el nombre se perdiera, quiso que hiciera lo que me pedía mi abuelo, de modo que al final accedí para que ella se quedara contenta.

Entonces Loris lo miró pensativa.

—¿Entonces el hombre alto de pelo canoso con chaleco... ?

—Es Hugh —le confirmó Jonathan—. ¿Alguna pregunta más?

—Bueno, hay algo que no me cuadra —reconoció—.

Solo llevas unos cuantos años en Estados Unidos y me preguntaba... –vaciló.

–¿Cómo puedo ser dueño de una empresa tan importante como Cosby's?

–Sí.

–Bueno, tuve suerte. ¿Recuerdas que te comenté que el padre de mi madre tenía un negocio en Albany? Bueno, pues eso era Cosby's. Cuando me fui a vivir a Estados Unidos mis abuelos maternos estaban a punto de jubilarse. Yo me hice cargo del negocio, y cuando se produjo un enorme boom en las comunicaciones electrónicas pude comprárselo.

–¿Cuándo decidiste hacerte con Bergman Longton?

–Ese había sido uno de mis objetivos desde el día en que tu padre me dijo que jamás podría casarme con la hija del jefe.

–Bueno, en parte no lo has conseguido.

Él la miró confundido.

–¿Qué quieres decir exactamente con eso?

–Quiere decir que no soy la hija de Peter Bergman. Mi madre ya estaba embarazada cuando se casó con él. Intentó fingir que era suya, pero él sabía que le estaba mintiendo. Al final, para no quedar en ridículo, accedió a reconocerme como hija suya. Pero no creo que jamás se lo perdonase, ni tampoco a mí. Mi madre aún no sabe que yo lo sé.

–¿Y cómo lo has sabido tú?

–Tal vez de manera comprensible, el hombre a quien todavía llamo padre jamás me ha querido; un día que estaba particularmente enfadado conmigo me soltó la verdad. Entonces yo tenía trece años.

–Debió de ser un shock para ti.

–En parte fue un alivio enterarme de que no era su hija.

–Eso desde luego explica muchas cosas; por qué no te pagó los estudios, por qué te dejó que te las apañaras tú sola, por qué no le importaba demasiado tu felicidad...

–Pero de ello han derivado muchas cosas buenas –dijo en voz baja–. Gracias a su actitud trabajé duro para hacerme diseñadora y ser independiente... –de pronto se le ocurrió algo–. No te importará que continúe trabajando, ¿verdad?

–Mi amor, puedes trabajar cuando te dé la gana, aunque me gustaría que tu primer proyecto fuera Fenny Manor.

–¿Entonces es tuyo de verdad?

–Nuestro. Y pasado el tiempo, cuando volvamos de nuestra luna de miel compraremos un sitio bonito en Londres, para cuando queramos estar allí.

–¿Pasado el tiempo? Pensé que estaríamos en París durante unos días nada más.

–Estaremos aquí todo el tiempo que quieras, y después de París había planeado un viaje a Nueva York, a conocer a mi madre y al resto de la familia, y después a San Francisco, o tal vez a Hawai...

–Para ser un hombre casero no está nada mal.

Él la tomó entre sus brazos y se besaron ardientemente hasta que los besos no fueron suficientes. Loris ardía en deseos por él.

–¿Qué hora es?

–Las ocho y cuarto.

–Vaya...

Al percibir el tono de decepción en su voz, salió un momento para colgar de la puerta el cartel de «no molestar». Entonces le tomó de la mano y la condujo al dormitorio.

–¿Y si traen la comida? –preguntó algo preocupada.

–Tendrán el sentido común de dejarla fuera –dijo Jonathan con firmeza–. Después de todo, esto es París, y estamos en una suite para recién casados.

Acepte 2 de nuestras mejores novelas de amor GRATIS

¡Y reciba un regalo sorpresa!

Bianca®...
la seducción y fascinación del romance

No te pierdas las emociones que te brindan los títulos de Harlequin® Bianca®.

¡Pídelos ya! Y recibe un descuento especial por la orden de dos o más títulos.

HB#33547	UNA PAREJA DE TRES	$3.50	☐
HB#33549	LA NOVIA DEL SÁBADO	$3.50	☐
HB#33550	MENSAJE DE AMOR	$3.50	☐
HB#33553	MÁS QUE AMANTE	$3.50	☐
HB#33555	EN EL DÍA DE LOS ENAMORADOS	$3.50	☐

(cantidades disponibles limitadas en algunos títulos)

CANTIDAD TOTAL	$ _____
DESCUENTO: 10% PARA 2 Ó MÁS TÍTULOS	$ _____
GASTOS DE CORREOS Y MANIPULACIÓN	$ _____
(1$ por 1 libro, 50 centavos por cada libro adicional)	
IMPUESTOS*	$ _____
TOTAL A PAGAR	$ _____

(Cheque o money order—rogamos no enviar dinero en efectivo)

Para hacer el pedido, rellene y envíe este impreso con su nombre, dirección y zip code junto con un cheque o money order por el importe total arriba mencionado, a nombre de Harlequin Bianca, 3010 Walden Avenue, P.O. Box 9077, Buffalo, NY 14269-9047.

Nombre: _____

Dirección: _____ Ciudad: _____

Estado: _____ Zip Code: _____

Nº de cuenta (si fuera necesario): _____

*Los residentes en Nueva York deben añadir los impuestos locales.

Harlequin Bianca®

CBBIA3

Eran totalmente opuestos en todo: Cassian era guapo, rico y rebosaba seguridad por los cuatro costados; Laura no tenía dinero y era increíblemente tímida desde que la abandonaron siendo solo una niña. Cassian sabía que no tenía ningún lugar al que ir, por eso la dejó quedarse en su casa. Pero no esperaba acabar sintiéndose atraído por ella cuando descubrió que, bajo aquella frágil belleza, se escondía una mujer apasionada...

Laura nunca había pensado que acabaría siendo la amante de nadie... ¡y mucho menos la de Cassian! Aunque era el hombre de sus sueños, pronto se dio cuenta de que no se conformaba con ser su amante; deseaba ser su esposa...

El poder de los sentimientos

Sara Wood

PÍDELO EN TU PUNTO DE VENTA

La bella e inteligente Julia Knox siempre había tenido mucho cuidado con ciertas cosas. El peligroso Adam Brody había sido su primer amor y también el único riesgo que ella había corrido en toda su vida... y el resultado había sido un auténtico desastre. ¡Pero eso estaba a punto de cambiar! Adam había vuelto a la ciudad y Julia estaba decidida a dar algunos pasos y romper unas cuantas reglas...

Adam no pensaba que Julia fuera tan salvaje y alocada como él, al menos no lo era la última vez que la vio; pero él no era de los que rechazaban los desafíos. Sin embargo, a medida que se adentraban en el terreno de los sentimientos, el peligro era cada vez mayor... y también la recompensa.

PÍDELO EN TU PUNTO DE VENTA